進入天國的豐富之旅

天路歷程

暢銷平裝本

The Pilgrim's Progress

英語世界最偉大的寓言小說
採現代用語、流暢易讀的最新中譯本

原著◎約翰．班揚 (John Bunyan)

台灣基督長老教會 **胡宏志**牧師
輔仁大學醫學院 **施以諾**助理教授
大湖高級農工職業學校 **許玉青**老師
彰化師範大學英語學系 **彭輝榮**主任
中原大學宗教研究所 **曾慶豹**教授

聯合推薦（以上按姓氏筆劃排列）

出版緣起

在時代的考驗下，不知有多少書籍已被淹沒在時間的洪流中；只有少數幾本書不會因時代變遷而失去價值，不因語言隔閡而受限，反而歷久彌新，散發出智慧的亮光。這一類具有普世而永恆價值的作品，不論在任何時代、任何民族的人讀來，都一樣能使心靈得到滋潤，思想得到啓發，這就是我們所謂的經典作品。我們在規劃書系時也特別將此經典系列視爲出版社的重要工作，因爲在今天瞬息萬變的世代中，人們對心靈滿足的追求顯然比之前任何年代還來得更爲迫切。

在此書系中，我們選了約翰．班揚的《天路歷程》作爲第一本。約翰．班揚這位傳奇人物雖然沒受過什麼教育，卻寫了許多重要作品，尤其以這本《天路歷程》最爲人所知且影響深遠。有人說，英國人的家裡必有兩本書，一本是《聖經》，另一本就是《天路歷程》，可見它在一般英國人心目中的地位。三百餘年來，此書不僅在英語世界中長銷不墜，而且被翻譯成上百種的語言，影響所及早已超越英語系國家。此書最早的中譯本也超過一百年，近年來在台灣、香港、大陸都出現許多新譯本，甚至非基督教出版社也爭相出版，足見其影響力早已跨越宗教的界限，成爲全人類都能產生共鳴的不朽之作；也更說明了在這個不安的世代，人心多麼渴望靈糧。

既然已有了這麼多中譯本，爲什麼還需要再多一本呢？要將本書譯成通順易讀又能爲現代讀者所接受的中譯本其實並不容易，因爲作者班揚所使用的英文屬中古英文，加上文中引用聖經之處不勝枚舉，而且有些內容並非直接引用經文，而是運用來自聖經的典故，因此要翻譯得好，除了中英文的程度要好之外，更需要對聖經有一定的熟悉度，否則就無法正確譯出作者想要表達的意思。

有鑑於此，我們決定出版全新修訂本，文中引用聖經之處均加上注釋。建議讀者參考書末注釋中所標示的經文出處，配合閱讀聖經中該節經文的前後文，更可深入瞭解作者的用意；而不是只看文字表面，當作普通的陳述，而錯過作者所要傳達的深刻信息。爲了讓讀者容易理解及閱讀，文中引用的經文我們分別採用了和合本、現代中文譯本和聖經新譯本等版本。翻譯部分，譯者也參考海天書樓王漢川、黃大業合譯本、基督教文藝出版社謝頌羔譯本、西海譯本、陝西師範大學出版社趙沛林、陳亞珂合譯本，竭力兼顧譯文之正確、流暢及優美。另外也插入數張圖畫，讓版面更爲賞心悅目，爲的是希望給這部三百年前的著作一個全新的風貌。另外也要特別感謝彰化師大英語系主任彭輝榮教授爲此書所寫之導讀。他從文學專業的角度，深入淺出地分析，讓基督徒或非信徒都能從此書中得到許多啓示。

甚願讀者能從書中俯拾皆是的生命智慧與啓示，得到人生旅程中所需的安慰、力量與喜樂，那將是本社出版此書最美好的回饋了！

目錄

Contents

約翰・班揚的《天路歷程》導讀

國立彰化師範大學英語系主任 彭輝榮 教授

英國作家約翰・班揚（John Bunyan）是個補鍋匠（tinker）之子，一六二八年十一月生於英格蘭的貝福德郡（Bedfordshire）。從他所受過的教育來看，似乎比莎士比亞更爲傳奇，受過更少的正式教育。十七歲時，在克倫威爾（Cromwell）的清教徒革命時期打過一年內戰，之後與一位虔誠的教徒結婚，獲得許多宗教啓發。一六五五年在貝福德市成爲當地教會的執事，他雖讀書不多，他的講道卻經常吸引大批群眾。一六六〇年起，因爲查理二世復位，國教勢力迅速興起，新法規定講道者必須取得國教所發之執照才可公開講道。他因隸屬非國教派（Non-Conformists），等於無照宣教，加上言論不爲當道所喜，先後兩次鋃鐺入獄，坐了十二年牢。但他是個多產作家，即便在入獄期間，仍奮力寫作，完成多部著作，使得他能在出獄時馬上回復宣教工作。一六八八年八月三十一日，他在往倫敦傳道的旅途中不幸染病辭世。

《天路歷程》是一部長篇寓言故事，所謂「寓言故事」通常指將道德條目擬人化，以人際關係加以處理，使之產生人生教訓的故事。對於今日年輕讀者而言，這種型態的故事可能稍嫌生硬，但本書卻是英國最受歡迎的長篇基督教寓言故事，其實可讀性非常之高，最主要的，是能對信徒產生極大的啓發效果。

故事主人翁的名字叫做「基督徒」（Christian，音譯「克利斯群」，簡稱Chris「克利斯」），其實在當今的歐美國家當中，算是常見的人名，女性就叫「克利斯汀」或「克利斯汀娜」（Christine或Christina），意思指的是基督教社會中的「每個人」（Everyman），也就是你我這種普通人。故事開始，因爲大火將至，基督徒必須離開本鄉「將亡之城」（The City of Destruction），到「天城」（The Celestial City）以獲救贖。想來對班揚而言，虛華世界並非是虔誠的信徒可以期待的救贖之地！到天城的路途中，基督徒和他的鄰居（例如「忠信」和「盼望」）經歷許多地方，見到許多人，發生許多事情，都是作者班揚虛構的人生旅程，以指涉人生的心靈挑戰，這就是爲什麼文評家稱《天路歷程》爲寓言的原因。他向現實生活經驗借來的人地事物，均以道德條目名之，以指涉條目衝突所產生的意義。很明顯的，作者是告訴讀者，對每個人（尤其是對當時信仰新教而被迫害的英國人）而言，天國之路確實遍地荊棘，崎嶇難行。身爲牧師的班揚諄諄告誡世人：人生旅程的每個階段都是上帝的考驗，唯有通過試煉，才能獲得心靈的平靜。

故事一開始，作者敘述他在人世旅途中，來到一個不知名的地方準備休息，不知不覺卻睡著了。熟睡中，他作了一個夢，夢中見到衣衫襤褸的基督徒拋家棄子，手裡拿著一本書，背上扛著沈重包袱，哭喊著說他所住的將亡之城將要在上帝的怒火中燒成灰燼，可是他卻不知要從何處尋路逃生。親友們都認爲他瘋了，但是有個名叫「傳道」（Evangelist）的人卻告訴他，可以走窄門逃生，於是他就循著這個人所指示的方向走去，並不斷禱告，向上帝祈求。

這裡作者所要傳達的意義其實並不複雜，有兩個重點：第一，作者作了一個夢，表示作者內心對人生有股焦慮，根據佛洛伊德的理論，夢表達希望在現實中實現的願望（Dream is a fulfillment of a wish），所以作者的夢，講的是他冀盼可以像基督徒一樣，歷經萬難，最終到達天城，以獲得救贖。第二，基督徒受到聖經的啓示，所以他知道自己所住的城市即將毀滅，而只有傳道才能爲他指引生路。故事中所謂窄門，指的是一般人不願意走的道路，只有虔誠信徒才選擇走這樣的路。

接下來作者敘述前往窄門的路途中，有兩個鄰居追上來，其中一個叫做「固執」的問他爲什麼要離開家鄉，基督徒告訴他，城中人即將大難臨頭，固執不相信，對這個訊息嗤之以鼻，自顧自地走了。另外一個叫做「善變」（Pliable）的鄰居倒是相信他的話，決定和他同行。兩個人手攜手，但前途茫茫，不久來到一個叫做「沮喪沼」的地方，兩人一不小心都掉進泥沼之中。基督徒因爲背負沉重包袱，在泥沼中愈沈愈深，善變奮力逃出泥沼，便自己一人返回家鄉，並未對基督徒伸出援手，反而是一個叫做「幫助」的人將基督徒從泥沼中拉出，讓他可以往天城繼續邁進。

班揚這裡的意思是固執和善變其實都有罪過。人海茫茫，能虔誠信主的人其實不多，有些人固執，堅不相信，當然無法得救；有些人表面順從，但只要偶爾遇到一點困難，即馬上信心盡失，掉入沮喪深淵。可是基督徒雖因人生重擔而陷入沮喪的泥沼，但信仰終究幫助他繼續朝著天城前進。

隨後幾章的故事談論更多現實生活中人所犯下的罪過，因爲此時有一個叫做「世智」的先生把基督徒拉到路旁，告訴他「道德村」有一對父子，一個名叫「守法」，另一個名叫「學禮」，可以幫他卸下他背上的重擔。基督徒爲了卸下肩上的重擔，誤信他的話，走了另一條路。可是傳道及時出現並告訴他，守法先生其實是個騙子，學禮先生則是個僞君子，請他相信自己，否則難以走回通往「窄門」之路。基督徒聽了他的話終於抵達窄門的門口，發現門上寫著：「叩門的，就給他開門。」一個叫做「樂意」的人指出前面一條小路，告訴他只要往前直走，不受岔路引誘而走偏，即可抵達天城。基督徒於是往前走，經過十字架時，背上重擔果然自動掉了下來，使他欣喜萬分。當晚他來到「美宮」，遇上四位女孩，名字分別叫做「仁愛」、「謹慎」、「賢慧」、「虔誠」。她們準備佳餚接待他，並爲他安排舒適的住處。後來，她們讓他穿上盔甲，並且賜給他一把寶劍、全副軍裝，讓他繼續上路。之後他來到了「屈辱谷」，碰到地獄使者攔路，此魔王名叫「亞玻倫」，叫他留下命來，基督徒自然不從，因此兩個人開始展開激戰。雖然交戰當中基督徒受了一點傷，但最後還是用他的寶劍將此惡魔殺死。隨後，他用「生命之樹」的葉子敷在傷口，獲得痊癒。

在這幾章中，作者運用日常生活的宗教經驗，告訴讀者假道學的壞處，如果信徒一天到晚用連自己都不確定的語言試圖說服自己，其實無法得救；如果相信幌子，不但不會得到救贖，還會適得其反，走向毀滅。眞正的救贖是要依據堅定的信仰，不偏不倚去走。而且「叩門的，就爲他開門」是最明白的入門方式。這裡作者所要傳達的是，信仰要在像「美宮」這種地方才能找到（指的應是新教宣道的教堂），四位甜美的姑娘是一種象徵，飽受摧殘的心靈要在這裡才能得到片刻寧靜；而且在這裡，信徒也才能受到嚴格的訓練，因爲每個人都有機會像基督徒一樣，穿戴盔甲、手握長劍，爲眞理而戰。基督徒面對亞玻倫經歷了人生第一場爲眞理而戰的決鬥，受到的傷害眞實而劇烈，此時就需要聖經的慰藉了，所謂「生命之樹」的葉子所指無他，其實就是聖經，因爲樹葉的英文爲leaves，而書頁也用同樣的字。

隨後幾章當中，讀者將見不到基督徒披甲戰鬥的樣子了。他仍然繼續往前走，來到「死蔭幽谷」。此谷的右手邊通往一條深溝，大批各種年紀的盲人循著這條溝一個帶著一個走向毀滅；左手邊則通往一個無底沼地，也是很多人走向絕地的路。基督徒戒愼恐懼選擇一條既狹窄又幽暗的小路往前走，經過地獄門口，當地獄的主人向他招手時，他大聲叫道「我要行在主的大能中」以喝退他。破曉時分，他找到一位同伴同行，他也是天路客，名字叫做「忠信」，此人是他在將亡之城的鄰居，兩個人一起來到「虛華鎭」，無可避免地經過由鬼王別西卜（Beelzebub）帶領其他使者所經營的「虛華市集」（Vanity Fair）。此市集終年不斷，人們熙來攘往，爭先恐後購買各種奢華物品。這裡的人看到基督徒和他的鄰居忠信一副寒酸模樣，均露出輕蔑不屑的眼神。對於人們的問題，他們兩人都嚴肅以對，可是虛華鎭的人看他們很不順眼，不但嘲笑他們，還以莫須有的罪名逮捕他們，並在地牢中毆打他們。透過「盼望」的協助，基督徒逃了出來，可是忠信卻被控背叛別西卜，被鎭民燒死於火刑柱上。此時，「全身發光的天使」（Shining Ones）駕一輛馬車將忠信載往天城，而盼望則陪伴基督徒繼續未完成的天路旅程。

這幾章當中，基督徒、忠信、盼望三位天路客在虛華鎮的經歷應該是英國文學史最令人難忘的場景了，和彌爾敦（Milton）的《失樂園》（*Paradise Lost*）地獄場景其實頗有雷同之處，最大的壞蛋都是別西卜。所謂的「虛華市集」，依照故事情節，指的應該就是大城市中人們競相比較財富、奢華、浪費的現象，彌爾敦稱這種地方叫Pandemonium，即妖魔出沒之處；但班揚所稱之Vanity Fair似乎更清楚，受到更多文學家的喜愛，常被借來闡釋繁華人生一朝醒來，不過一場春夢而已的主題。基督徒來到虛華世界，經歷他天路旅程中最傷心的事件，因爲與世俗價值格格不入，忠信被處死，這表示世俗盲目，使得正確價值觀喪失殆盡。這恐怕是班揚入獄期間的心情寫照吧！幸好，他心中總是存著盼望。基督徒逃出虛華市集後，盼望與他一起繼續天路歷程；而基督徒似乎看到天使駕著馬車帶著忠信比他先到天城。

在這之後，《天路歷程》之夢漸漸接近尾聲。此時，基督徒和盼望來到一個叫做「安閒」的平原，發現此處花草叢生，林木幽靜，是歇息的好地方，可是盼望卻在此時被帶往一個開採銀礦、叫做「財利」（Lucre）的山崗，該地的礦場開採史中，許多天路客在這裡喪了命。之後他們抵達「生命之河」，喝了許多水，吃了許多水果，補充睡眠之後，獲得新的體力；可是之後的路卻遍地亂石，十分難走，基督徒不得不拉著盼望走向一個叫做「小徑草原」的地方，不久在天色黯淡，風雨大作中，來到「懷疑堡壘」，見到堡壘之主「絕望巨人」。他們侵犯了他的領地，因此被打入地牢關了起來。雖然絕望巨人叫人毫不留情地鞭打他們，基督徒和盼望卻活了下來，所以絕望巨人開始奉勸他們自殺。可是他們很誠懇地向上帝祈禱，在不斷地祈禱中，基督徒突然想到出發前他曾經在懷中放了一把鑰匙——叫做「應許」（Promise），因此用這把鑰匙開門逃了出去。絕望巨人雖然在後緊追，但刺眼的陽光使他退回堡壘。回到風雨大作的亂石路上，基督徒和盼望經過「愉悅山」，遇上四個牧羊人，領他們攀上頂峰，該峰叫做「清晰」，牧羊人指著遠方，告訴他們那就是天城之門。之後他們下山，遇上一位身著白袍的黑人說要領他們走向一個岔路，他說那才是他們應該走的正路，可是路上卻被漫天鋪地的網所困。一位全身發光的天使領他們走出來，告訴他們那位白袍黑人的眞實身分是「諂媚者」，其實是個誘惑人心的假先知。全身發光的天使懲戒他們，並教導他們要循正路來走，不可輕易上當。

Lucre這個字令我們想到lucrative，是利潤豐厚的意思。「盼望」被帶到出產銀礦的地方，意味著所謂「盼望」並非基督徒的專利品，以現實利益爲導向的人也滿懷盼望，可是卻不能因金玉滿堂而得到救贖，有時盼望反而使人走向毀滅。「生命之河」即上帝之河。在猶太與基督教文化中，水作爲洗滌罪過的象徵性質與功能，隨處可見，所以在河邊找到補充體力的飲水和食物，也很具象徵意義。

基督徒和盼望在懷疑堡壘的痛苦經驗，其實和史賓賽（Spenser）的《仙后》（*The Fairy Queen*）第一卷第九章極爲類似，都在描述絕望巨人如何折磨人的故事。打入地牢象徵心境沈入谷底，「應許」指的是主的應許，若非心底深藏對主的救贖信仰和對上帝的無限敬畏，基督徒就無法找到「應許」之鑰以開啓鐵門，逃脫絕望巨人的魔掌。絕望巨人有兩套利器，一個是讓人爲過犯而沮喪懊悔，永無寧日；另一個是趁著人們心情沈入谷底時勸人自殺，了結一切。虔誠的信徒都瞭解，犯錯應該向主祈求寬恕，而不是沮喪懊悔；自殺則爲上帝所禁止，更不可爲。班揚在此特別點出故事高潮出現在風雨大作之時，這有點像莎劇《李爾王》，老王李爾的晚年人生經驗，要能在風雨中克服沮喪和自殺的慾望。恢復信心的不二法門，就是在最困難的時候克服心理障礙，勇往直前。所謂「風雨生信心」，正是此意。後來基督徒和盼望來到「愉悅山」，登上「清晰峰」，在上爲天，在下爲地，宇宙之間，遠遠照見天城大門的影像，救贖爲期不遠矣，心中充滿踏實感，此情此景，對基督徒而言，正是人生難以取代的奮鬥目標和心靈慰藉。即便如此，撒但仍然不會放棄引誘牠的犧牲者，在最後關頭，「諂媚者」以白袍假冒福音傳道者就是一個例子。

曲終時，基督徒和盼望邊走邊唱著歌，經過「迷惑田」（Enchanted Land），此地霧氣瀰漫，讓人昏昏欲睡。之後他們又經過「有夫之婦（Beulah）之地」，此地不論晝夜，陽光盡情普照大地，藍天之下，令人無比歡暢，天城近在眼前，感覺無盡甘甜。快接近天城時，他們的力氣漸失。天城是由珠寶所建，街道由黃金鋪成，看到這種景象，基督徒和盼望由於憧憬太過強烈，竟生起病來。最後他們拖著病身，來到天城大門，可是護城河深不見底，又無橋可過，「全身發光的天使」告訴他們，他們對天城之王的信心深淺，正是護城河河水的深淺，因此他們就帶著信心涉水。到了河中，基督徒叫道：「我被水淹到頭部了！」盼望卻回答他說：「加油，我的兄弟，我踩得到河底，情況還算好！」基督徒前面一片漆黑，恐懼加深，生怕溺斃河中，當他回神時，卻發現人已經安然立於護城河的另一邊，而盼望笑著等他。他們兩位登上山丘，感覺極爲舒適，因爲他們已經將先前在世俗間所穿戴的衣物棄於河中。一群天使打開天城大門迎接他們，爲他們穿上金色衣裳，賜給他們各一把琴，讓他們見到天城之王時，能適時歌頌讚美王的恩典，之後他們就將大門關上。

「迷惑田」和「有夫之婦之地」的經驗是救贖前的必經之路，此時基督徒和盼望的苦難也達到最高潮，但是班揚只用「病」表達他們的遭遇。經過精神與肉體奮鬥的人，在最後關頭，身心俱疲，感覺病懨懨的，是很自然的反應。最終的跨河之旅是考驗信徒堅定不移的信仰，盼望的話：「加油，我的兄弟，我踩得到河底，情況還算好！」指的就是那種獲得救贖的親身感受。最後，因爲他們已經在河中拋棄世俗羈絆，感覺非常輕省，這都是信主之功。作了南柯一夢的作者最後敘述說他眞希望他人也能進入天城大門，與基督徒和盼望一同享受這一切的美好，讓讀者讀完故事，也爲自己的信仰打了一劑強心針。

班揚後來在西元一六八四年，也就是辭世前四年，還爲《天路歷程》寫了續集，描述「基督徒」的妻兒如何效法他，也步上天路之旅。不談對英國文學史的貢獻，這部長篇寓言小說對曾經遭受過許多人生苦難（而又願意接受基督信仰）的人，很能產生靈魂慰藉的效果，因此被喻爲最偉大的寓言小說。華人文化和西方基督教文化雖有格格不入之處，但讀完《天路歷程》的寧靜致遠心情應該並無兩樣，一切只在於讀者是否願意親身體會說故事之人的用心。

第1章 洞穴和作夢者

我在今世的曠野行走，來到一個地方，那裡有個洞穴，我就在那裡躺下睡著了。在熟睡之際，我作了一個夢。

在夢中我看見一個穿著污穢破爛衣服的人站在那裡[1]，背對著自己的房子[2]，手中拿著一本書[3]，背上負著重擔[4]。我看到他打開手上那本書，他一邊讀，一邊不住地流淚，渾身顫抖著。後來，他控制不住，悲傷地放聲哭喊道：「我應當做什麼呢[5]？」

在這種苦惱的情緒中他回到了家。他儘可能壓抑自己，不想讓他的妻子和孩子們發覺他的苦惱。但他無法長久保持緘默，因爲他的愁苦愈來愈加增了，於是便把自己的愁苦告訴妻兒：「我親愛的家人，我是你們最親愛的人，我快被那壓在我身上的重擔壓垮了，並且我深知我們所住的這個城市即將被從天降下的大火燒毀。在那場恐怖的毀滅中，包括我自己，和你們——我至愛的妻兒，都將滅亡，除非我們能夠想出逃生之道。可是到現在，我還不知道這條路在哪裡。」

他的家人聽了這番話，非常詫異，但並不是因爲相信他所講的，而是認爲他已經神智錯亂。因此，等到天黑的時候，他們以爲睡眠能夠使他鎮靜下來，就急忙打發他上床休息。但是黑夜和白天同樣使他煩惱，他不但無法入眠，而且整夜歎息流淚。天亮以後，家人想知道他的情況有沒有改善，但他告訴他們，情況變得更糟。他又開始對他們講同樣的話，可是他們變得麻木，甚至想用嚴厲的舉措來驅除他的怪病。有時譏笑，有時責罵，有時則不理他。受到家人這般對待，他就回到自己的房中，爲家人禱告，一心憐憫他們，同時也爲自己的痛苦尋求安慰。他還獨自在田野裡徘徊，時而看書，時而禱告，就這樣過了好幾天。

有一天我看見他在田野間走著，仍舊看他的書，心中十分痛苦。他一邊讀著，一邊大聲喊著：「我該做什麼才能得救呢？[6]」

我看見他四處張望，彷彿要逃跑似的。可是他仍然站著不動，我感覺他似乎不知道該往哪裡去。然後我看見一個叫做傳道的向他走來，問：「你爲什麼哭喊？」他回答說：「先生，我從這本書上得知，我已被定了死罪，而且死後還有審判[7]。而我，既不願意死[8]，也不想受審判[9]。」

傳道說：「人生既然有這麼多的邪惡，爲什麼不願意死呢？」他回答說：「因爲我怕我背上的重擔會使我墜到比墳墓還深的陀斐特（地獄）[10]裡去。先生，我還沒預備好下到監獄裡去，我更沒有準備好要接受審判，然後面臨刑罰。想到這些事，我就很想哭。」

傳道說：「如果這是你目前的光景，爲什麼你還站在這裡呢？」他回答說：「因爲我不知道上哪裡去才好。」於是傳道給他一張羊皮書卷，上面寫著：「逃避將來的忿怒[11]！」

那人讀了之後，嚴肅地望著傳道說：「我得逃到哪裡去呢？」於是傳道就指著那一片遼闊田野的盡頭說：「你看得見那邊有扇窄門[12]嗎？」那人說：「看不見。」傳道又說：「你看見遠處的亮光嗎[13]？」他說：「我相信我看見了。」於是傳道說：「看準那道亮光，一路朝著那方向走去，這樣你就能到達那窄門。你先敲門，然後會有人告訴你該怎麼做。」

我在夢裡看見那個人開始奔跑，可是他才剛跑出家門口不遠，他的妻兒就發現了，開始大聲叫他回去。但他卻用手指掩住耳朵，一邊跑，一邊喊：「生命！生命！永恆的生命[14]！」他就這樣頭也不回地[15]，向著平原的中央奔跑而去。

鄰居們也都出來看他爲何而跑。他奔跑時，有些人譏笑他，有人威脅他，有的則喊他回來[16]。其中有兩個人決定要把他抓回來。這兩人一位名叫頑固，另一位名叫善變。當時那人已經跑遠了，但這兩人決心追趕，沒多久就追上了他。於是那人說：「鄰居們，你們爲何而來？」他們說：「來說服你跟我們一起回去。」但是那人說：「這是不可能的。你們所居住的將亡之城，也是我的本鄉，不久將會毀滅，如果死在那裡，遲早要墜到比墳墓更深的地方去，沉到一個永遠燒著硫磺火的地方。好鄰居，請和我一起走吧！」

頑固說：「什麼！難道就此撇下我們的朋友和令我們舒適的財物嗎？」

基督徒（這是那個人的名字）說：「沒錯，因爲你所捨棄的一切比起我將要享受到的，實在算不了什麼[17]。如果你們願意跟我一起去，並且能堅持到底，就能夠和我過同樣的生活。因爲我要去的那個地方，什麼都有，而且豐盛有餘[18]。上路吧！你們將可見證我所言不假。」

頑固說：「你拋棄世上一切去追求的究竟是什麼呢？」

基督徒說：「我尋找的是不能朽壞、不能玷污、不能衰殘的基業[19]。它被安安穩穩地放在天上[20]，在適當的時候會賜給那些努力尋求它的人。如果你願意更加瞭解，也可以讀我這本書。」

頑固說：「呸！拿開你的書吧。你到底跟不跟我們回去？」

基督徒說：「不，我絕不回去，因爲我已經痛下決心了[21]。」

頑固說：「善變啊！我看我們還是不要管他，回家吧！你要曉得，世界上就是有些瘋瘋癲癲的人，他們一旦冒出些幻想，便自以爲比七個善於應對的人更有智慧。」

善變說：「不要隨便辱罵人。如果基督徒所說的句句屬實，而且他所追求的東西又比我們的好，我倒想跟他一起去呢！」

頑固說：「什麼？世界上又多了一個笨蛋！聽我的話，回去啦！誰知道這個腦袋有問題的人會把你帶到什麼地方？回去吧，別傻了！」

基督徒說：「別這樣，你也跟善變一道來吧！我所說的確實存在，並且另外還有許許多多的榮耀。你要是不信任我，請看這本書。看啊！裡面每句話的眞理，都有作者的寶血爲擔保[22]。」

善變說：「頑固啊！我生命正走到一個十字路口。我打算跟這位好人一起去，與他有福共享，有難同當。不過，我的好朋友，你認不認得我們要去的那地方的路呀？」

基督徒說：「一位名叫傳道的人指點我儘快往前頭的那扇窄門去，到了那裡，就會有人告訴我們該怎麼走。」

善變說：「那麼，好伙伴，我們走吧！」於是他們倆就一起上路了。

頑固說：「我要回家。我並不想與這種不切實際、誤入迷途的人同行。」

第2章 沮喪沼

我在夢中看見頑固往回家的方向走，基督徒和善變在平原上邊走邊談話。

基督徒說：「善變啊，你好嗎？你接受我的說法願意與我同行，我很高興。如果頑固對現在還看不見的那些權勢和恐怖與我有同樣的感受，就不會如此貿然地離開我們。」

善變說：「基督徒啊，既然現在只有我們兩人，請你告訴我，你所說的那些事物究竟是什麼、如何享受它們？此外，我們到底要去什麼地方？」

基督徒說：「那些事物只能體會，實在難以用言語形容。不過你既然想知道，我就把這書上的話念給你聽。」

善變說：「你這本書裡面所寫的都是眞的嗎？」

基督徒說：「千眞萬確，因爲它的作者是無謊言的神[1]。」

善變說：「說得好。那些事物到底是什麼呢？」

基督徒說：「書中提到有一個永存的國度[2]，上帝會賜我們永恆的生命[3]，好讓我們永久居住在國度裡。」

善變說：「說得好！還有呢？」

基督徒說：「在那裡將有榮耀的冠冕賜給我們[4]，還有像太陽那樣發亮的衣服[5]。」

善變說：「太棒了，還有呢？」

基督徒說：「那裡沒有哭泣，也沒有悲傷，因爲那國度的主會擦去我們一切的眼淚[6]。」

善變說：「在那裡我們會有什麼樣的同伴？」

基督徒說：「我們會跟天使撒拉弗和基路伯[7]作伴，看著他們就使你目眩讚歎。你還會碰到成千上萬[8]在我們之前到那地方去的人，他們誰也不會傷害別人，他們既聖潔又有愛心。每個人都活在上帝的同在裡，永遠蒙祂悅納。總之，在那裡我們會看到戴著金冠冕的長老[9]，彈著金豎琴的聖女[10]，還有那些爲了愛主而被人殘殺、被火燒死、被野獸吃掉，以及溺死在海裡的人[11]。他們都在那裡領受不朽的生命，好像穿了新衣[12]。」

善變說：「聽了這些話眞叫人心生渴慕。不過這些東西眞的可以得著嗎？我們怎樣才能享有[13]？」

基督徒說：「那個國度的統治者——上帝，已經將一切記載在這本書裡了。主旨是說，如果我們眞心尋求，祂會把它們白白地賜給我們[14]。」

善變說：「啊，我的好同伴，聽了這些話我眞高興！走吧，咱們加快腳步。」

基督徒說：「因爲背上的重擔，我沒辦法走得那麼快。」

那時我在夢中看到，當他們才剛說完話，已接近平原中一個非常骯髒的泥沼，一不小心兩人都掉了進去。這泥沼名叫「沮喪」。他們在裡面掙扎了好一會兒，弄得全身都是污泥。

特別是基督徒，由於背著重擔，開始沉入泥沼。

善變說：「啊！基督徒，你在哪裡？」

基督徒說：「老實說，我也不知道啊！」

善變聽了這句話覺得被冒犯，氣得對基督徒說：「這就是你剛才所說的福分嗎？我們剛上路就碰到大麻煩，從這裡到終點我們不知還得遭遇多少困難呢！我只希望我能活著離開這裡，那個好地方讓你獨自去享受吧。」說罷他就奮力掙扎一兩下，在靠近他家的那一邊爬出了泥沼。善變就這樣走了，基督徒從此再也沒見過他。

現在只剩下基督徒一個人在沮喪沼裡，不過他還是奮力掙扎著向離他家較遠的一頭、朝著更靠近窄門的方向移動。結果他雖到了那邊，但由於背上的重擔，怎麼也爬不上來。就在這時，我看見一個名叫幫

助的人走近基督徒，問他在那裡做什麼。

基督徒說：「先生，有一位名叫傳道的先生，指引我走這條路。他還指示我到窄門那裡去，以便逃避將來的忿怒。就在往那裡去的路上，我掉進了這泥沼。」

幫助說：「你爲什麼不找石階走呢？」

基督徒說：「我心裡非常害怕，不小心走歪了，因此跌了下來。」

幫助說：「把手伸過來。」基督徒伸手給幫助，幫助將基督徒從淤泥中拉出來，帶到堅實的地面[15]，然後叫他繼續往前走。

於是我走近拉他出來的那個人，對他說：「先生，既然從將亡之城到窄門一定得經過這裡，爲什麼不把這片泥沼填平，讓可憐的天路客們可以更安全地通過呢？」

幫助對我說：「這泥沼無法填平，因爲伴隨悔罪而來的污穢不斷地流到這裡，所以它被稱爲沮喪沼。罪人一旦覺悟到自己的失喪光景，他心裡所產生的許多恐懼、疑慮和不安的情緒，便統統匯流到這裡，所以這泥沼才如此糟糕。

「萬王之王並不願意這泥沼永遠這樣糟[16]，爲了修補這泥地，他的工人在皇家測量員的指導下已經施工了二千年了。而且，據我所知，從王的領土內各地陸續不斷運來至少有兩萬車的物料已填入這泥沼，還有無數有益的建言從全國各地獻上，且內行人也說，這是塡地最好的材料，果眞如此，地早就應該修好了。但儘管王的工人盡了全力，沮喪沼還是老樣子。

「由於立法者的命令，在泥沼中間鋪下了某些又好又堅固的石階，可是遇到氣候改變的時候，這泥沼會突然湧出大量垃圾，把那些石階幾乎完全覆蓋住；或者即使勉強看得見，但是人們一時頭昏、腳一踏空就掉入泥沼，有了石階也並不保證安全。不過走進那個窄門以後，就都是堅實的地面了[17]。」

就在那時，我在夢中看見善變已經回到家裡，鄰居們都來看他。有的說他及時回來是明智之舉；有的說他跟基督徒一同冒險很傻；還有一些人笑他膽子小，說：「假如我冒險出發的話，一定不會爲了一些困難就輕易放棄，不會像你這麼沒用。」善變就這樣躲躲閃閃地處身在他們中間。到最後他變得較厚臉皮了，也和大夥兒一起在背後嘲罵起基督徒來了。此後再也沒聽過關於善變的事。

第3章 偶遇世智先生

後來，基督徒獨自一人行走的時候，遠遠看見一個人從田野遠方迎面走來，他們的路線彼此交會，碰巧相遇。那位先生名叫世智，住在享樂城——一個離基督徒家不遠的大城。這個人對於基督徒的事略有耳聞——因爲基督徒從將亡之城啓程，家鄉的每個人都知道，而且其他地方的人也都在議論這件事。當世智看到他那麼辛苦跋涉的樣子，又是歎息又是呻吟的，就猜到他是誰了，於是便趨前和基督徒攀談。

世智說：「朋友，你這樣背著重擔辛苦地走著，要到哪裡去呀？」

基督徒說：「的確挺重的，我想不出有哪個可憐蟲比我更辛苦！既然你問我往哪裡去，我就告訴你吧！先生，我要到前面的窄門去，因爲有人告訴我，到了那裡之後，就可以卸下我的重擔。」

世智說：「你有妻兒嗎？」

基督徒說：「有！但是這重擔讓我十分苦惱，我已不像以前那麼能感受家庭的樂趣了，有妻兒如無妻兒[1]。」

世智說：「要是我給你一些忠告，你願意聽嗎？」

基督徒說：「如果有益的話我當然願意聽，我很需要好的建議。」

世智說：「那麼我勸你儘快卸下你的重擔，因爲若不卸下它，你心裡就永遠不會平安，也就不能享受上帝所賜的福分。」

基督徒說：「這正是我的目的，我就是想卸下這重擔。但是我自己無法除掉，而且，我的家鄉也沒有任何人能把它從我的肩上卸下，所以我才走上這條路。我剛剛不是告訴過你嗎？」

世智說：「是誰教你走這條路就可以卸下重擔呢？」

基督徒說：「是一個看起來非常尊貴而可敬的人，我記得，他的名字叫傳道。」

世智說：「眞是該死，竟然給你這種忠告。他叫你走的路比世上任何路都更危險艱難。你若照他的指示，以後就會知道後果。我一看就知道你在路上遇到什麼啦！我看見你身上有沮喪沼的污泥，不過那只是走上這條路的人在初期伴隨的苦難。我的歲數比你大，你聽好，在你走的這條路上，還會碰到疲憊、痛苦、飢餓、危險、赤身露體、刀劍、獅子、

黑暗、惡龍，簡言之——讓你死得很慘，諸如此類。許多人都可以作見證，這些事情都是眞的。爲什麼有人會聽信陌生人的鬼扯而草率地毀了自己呢？」

基督徒說：「哎呀，先生，我背上的重擔比你所說的那些東西更可怕。不但如此，我甚至覺得在路上無論遇著什麼我都不怕，只要能卸下我的重擔就好了。」

世智說：「最初你是怎麼發覺這重擔的？」

基督徒說：「讀了我手上這本書以後。」

世智說：「果然不出我所料！其他軟弱的人都是如此，他們擅自接觸這種高深的問題，結果焦躁不安。這種焦躁不但使人怯懦，就像我在你身上所看到的一樣，還會使人不顧一切地冒險追求他們自己也搞不清楚的東西。」

基督徒說：「我知道我會得到什麼——我的重擔得以卸下。」

世智說：「你既然知道路上充滿危險，爲什麼還要用這種方式卸下重擔呢？尤其是——只要你耐心聽我講，我就能指引你得到你想要的，卻不會遇到走這條路的許多危險，這辦法就在眼前。容我再補充一句，照我的辦法不但沒有危險，還會得到平安、友誼和滿足。」

基督徒說：「先生，請告訴我這個祕密。」

世智說：「就在那邊有個村，叫做道德村，那裡住著一位名叫守法的先生，他是個非常賢明、有好名聲的人，擅長助人從肩上卸除像你所負的這類重擔。據我所知，他已經幫助了許多人，同時還能醫治人們由於重擔所引起的癲狂。聽我說，你可以去找他，得到他立即的幫助。他的家離這裡不到一里路。如果他不在家，他有個年青英俊的兒子叫做學禮，他的本領和他父親一樣高超，你的重擔在那裡可以獲得解除。如果你不想回到原來的住處（我也不建議你回去），你可以把妻子和兒女接到道德村來住。那裡有許多空房子，用合理的價錢就可以買到一幢。那裡吃的東西物美價廉，我很確定，你在那裡生活會更幸福，你的鄰居都是一些誠實的人。」

基督徒這時有些猶豫，不過，他很快就有了結論：如果這位先生說的是眞話，就該接受他的建議。於是他抱著這樣的心態和世智繼續談下去。

基督徒說：「先生，從哪條路可以找到那戶人家？」

世智說：「你看見那邊那座高聳的山嗎？」

基督徒說：「看得很清楚。」

世智說：「朝著那山走，碰到的第一幢房子就是了。」

於是基督徒離開他原來走的路，轉向守法先生的家去求助。豈知他一走到那座山的山腳下，看到那山如此高聳，而且靠近路旁的那側讓他有壓迫感，他便不敢再冒險前進，生怕山會崩坍下來，壓在他的頭上。因此他怔住了，不知該怎麼辦。同時他的重擔似乎比先前在路上時更重了。山上還發出閃爍的火焰[2]，基督徒怕被火燒到，甚是恐懼戰兢[3]。現在他開始後悔聽了世智的話，他正懊惱之際，看見傳道走來。一看到傳道，基督徒不禁羞愧得滿臉通紅。傳道愈走愈近，後來走到基督徒面前，用嚴厲而可畏的神情望著他，並開始責備他。

傳道問：「你在這裡做什麼？」基督徒無話可說，只是呆呆地站在他面前。傳道又問：「你不就是我在將亡之城所遇見在牆外哭喊的那個人嗎？」

基督徒說：「正是，親愛的先生。」

傳道說：「我不是指引過你如何到那窄門嗎？」

基督徒說：「親愛的先生，你的確告訴過我。」

傳道說：「那你怎麼這麼快就偏離方向？你現在已經不在那條路上了。」

基督徒說：「我一出了沮喪沼就遇見一位先生，他勸告我說，在前面的那個村子可以找到一個能夠卸下我重擔的人。」

傳道說：「他是什麼人？」

基督徒說：「他看起來像個君子，對我講了許多話，最後說服了我，所以我就走到這裡了。但是當我看到這座高山對這路造成的壓迫感，便馬上停止腳步，生怕頭被砸到。」

傳道說：「那人對你說了什麼？」

基督徒說：「他問我要到什麼地方去，我就告訴了他。」

傳道說：「然後他怎麼說？」

基督徒說：「他問我有沒有家人，我就據實以告。不過我說我被背上的重擔壓得好苦，不再像從前那麼能夠享受家庭的樂趣了。」

傳道說：「後來他怎麼說？」

基督徒說：「他叫我趕快卸下重擔。我告訴他說，那是我求之不得的事，所以我要到窄門那裡去，以便可以獲得進一步的指示，知道如何才能到達得救之地。他就說他能指引我一條更好的捷徑，又不會有像你叫我走的那條路上的許多困難。他說這條路會引我到某某先生的家，那位先生有辦法卸下我的重擔。我信了他的話，捨棄了你指點的那條路轉到這裡，滿心希望能早日卸下我的重擔。可是我到了這裡，看到這裡的情形，我怕會有危險，就畏懼不敢向前。但現在我不知該如何是好。」

於是傳道說：「暫且停下腳步，我要把上帝的話講給你聽。」基督徒站著直發抖。傳道說：「你們總要謹慎，不可棄絕那向你們說話的。因爲，那些棄絕在地上警戒他們的尚且不能逃罪，何況我們違背那從天上警戒我們的呢[4]。」他還說：「只是義人必因信得生。他若退後，我心裡就不喜歡他[5]。」他引用了這些話作結論：「你就是走入這不幸的人。你已經開始拒絕至高者的忠告，從平安的路上退縮，甚至幾乎走向滅亡。」

這時候基督徒如同將死之人一樣倒在傳道的腳前哭喊：「我有禍了，我滅亡了！」傳道看見他這樣，一把拉住他的右手說：「人一切的罪和褻瀆的話都可得赦免[6]。」「不要疑惑，總要信[7]！」基督徒這才稍稍振作，顫抖地站了起來，就像稍早那樣，站在傳道面前。

於是傳道繼續說：「注意聽我將要告訴你的事情。我現在要向你揭示，迷惑你的人是誰，他介紹給你的那個人又是誰。迷惑你的是世智，這個名字確實名如其人，一來他只喜歡世俗的教導[8]（所以他總是到道德村做禮拜）；此外，他最喜歡那種教誨，因爲那可以使自己免去十字架[9]。由於他具有這種世俗的氣質，因此就竭力阻擋我的正道。世智的建議裡有三點是你必須格外深惡痛絕的：

「一、他使你偏離正路。二、他竭盡所能使你討厭十字架。三、他引你通向死亡的道路。

「首先，你必須痛惡他叫你偏離正路，你還得憎惡自己答應了他，因爲這樣做就是聽從世俗智慧而拒絕上帝的忠告。上帝說『要努力進窄門[10]』，就是我指點你去的那扇門，因爲『引到永生，那門是窄的，找著的人也少[11]。』這個邪惡的人使你離開窄門，偏離通往窄門的正路，幾乎使你滅亡。因此對於他叫你離開正路要感到憎惡，也要憎惡你自己，因爲你輕易聽信他的話。

「其次，你得憎惡他設法使你棄絕了十字架，你應當看它『比埃及的財物更寶貴[12]』。並且榮耀的王已經告訴你：『凡要救自己生命的，必喪掉生命[13]。』祂還說：『人到我這裡來，若不愛我勝過愛自己的父母、妻子、兒女、弟兄、姊妹，和自己的性命，就不能作我的門徒[14]。』所以我說，要是有人拚命說服你，說十字架會帶來死亡，你得憎惡這樣的教導，因爲根據眞理，你若不走十字架的路，就不能得永生。

「最後，你得憎惡他引你通向死亡的路。關於這一點，你得細想他叫你去找的是誰，同時也得想到那個人根本沒有能力解除你的重擔。

「他教你爲了讓自己輕鬆而去找的那個人名叫守法，他是一個使女的兒子，如今那使女和她的兒女都活在奴役中[15]，這座你怕它會壓到頭上來的西乃山是這使女轉化而成的（這其中有一番奧祕）。如果她跟她的兒女至今仍在作奴隸，你怎能期待從他們那裡得到自由？這位守法不能幫你解除重擔，他從來就沒有替任何人卸下過重擔，將來也不可能辦得到。你們不能靠律法的力量而稱義，因為任何人都不能靠守律法的行為來擺脫自己的重擔。因此，世智根本就非我族類。守法先生只是個騙子；至於他的兒子學禮，儘管看起來帶著笑容，其實只是個假冒為善的人，根本幫不了你。相信我吧！你聽到的這些蠢話毫無價值，只是一個企圖使你離開我指點給你的道路、使你失去救恩的陰謀。」後來，傳道為了要證明他的話，便大聲向天上呼喚，基督徒頭上的那座山立即冒出火焰，並傳出聲音，使他不禁毛骨悚然。那聲音說：「凡以行律法為本的，都是被咒詛的；因為經上記著：『凡不常照律法書上所記一切之事去行的，就被咒詛[16]。』」

現在基督徒認為自己必死無疑，不禁開始痛哭，甚至詛咒他碰到世智先生的那個時刻。同時還不斷罵自己笨，竟然會聽世智的建議。一想到這位先生以世俗為本的論述居然能夠使他捨棄正路，他就羞愧萬分。接著，他又向傳道繼續發問。

基督徒說：「先生，你看我還有希望嗎？我現在還可以往回走，再到窄門那裡去嗎？我會不會因此被棄絕，只能羞愧而回？我真後悔聽了世智的話。我的罪能蒙赦免嗎？」

傳道回答說：「你的罪極重，你犯了兩個過錯：你捨棄了正路而走上禁路。不過在窄門那邊的人還是會接待你的，因為他對所有的人都懷著善意。你以後一定要謹慎，不要再走錯路，『免得他發怒，你便在道中滅亡[17]。』」

第4章 窄門

於是基督徒下定決心回頭。傳道與基督徒道別以後，面露笑容，祝他一路平安。基督徒急忙轉回正路，一路上不跟任何人講話，即使有人問話，他也不答。在他還沒有回到由於聽從了世智的勸說而偏離的正路之前，他就好像踩在禁地一般戰戰兢兢，擔憂自己的安全，直到他抵達了那門，才安心許多。窄門上面寫著：「叩門的，就給他開門[1]。」他叩了兩三下，開口問道：

我可以進去嗎？
雖然我是個不配蒙恩的叛徒，
如果我能得到赦免進入門內，
我將永遠稱頌至高神。

終於，一個態度嚴肅的人來到門旁，他名叫樂意。他問門外是誰，從何處而來，爲何而來。

基督徒說：「我是個既可憐又背著重擔的罪人。我從將亡之城來，要到錫安山去，希望能逃避將來的忿怒。先生，有人告訴我窄門是到錫安山的必經入口，所以我要知道你是否願意讓我進去？」

樂意說：「我十分樂意讓你進來。」說著便馬上開門。

基督徒的腳才剛踏進門，那個人一把就把他拉了進去。基督徒便問：「這是怎麼回事？」樂意答道：「離這門不遠處，有一座堅固堡壘由鬼王別西卜掌管著。他和他的爪牙對所有到這門前的人放箭，企圖在他們進門之前就把他們射死。」

於是基督徒說：「我眞是一則以喜，一則以懼。」基督徒走進去以後，開門的人問他：「是誰指引你來的？」

基督徒說：「一位名叫傳道的先生教我來此叩門，我就照辦了。他又告訴我，你會指引我該做些什麼。」

樂意說：「在你面前是一扇敞開的門，是無人能關的。」

基督徒說：「現在我開始要收成我冒險的益處了。」

樂意說：「可是你怎麼一個人來呢？」

基督徒說：「因爲鄰人中沒有一人看到我所見的危險。」

樂意說：「有任何人知道你到這裡來嗎？」

基督徒說：「有，我的妻子和孩子最先看見我離開，他們叫我回去；還有些鄰人也站在那裡大喊著叫我回去，可是我用手指頭塞住耳朵，繼續走自己的路。」

樂意說：「難道沒有人追上來，勸你回去嗎？」

基督徒說：「怎麼沒有？頑固和善變追了上來，不過他們發現無法說服我，頑固罵了我一頓之後就回家去了，善變卻與我走了一段路。」

樂意又問道：「那麼他爲什麼沒有跟你走到這裡呢？」

基督徒說：「我們曾經同行，後來走到沮喪沼，忽然兩個人都跌進泥沼裡。然後善變就氣餒了，不願繼續旅程。他從靠近他家的那一側爬出泥沼，還譏諷我，說我可以獨享那個美好的國度。所以我們就分道揚鑣，善變步了頑固的後塵返回家鄉，而我來到了這窄門。」

樂意說：「唉，可憐的人啊！難道他不認爲冒一些險去得到天國的榮耀很值得嗎？」

基督徒說：「我把善變的事都實話實說了，如果我把我自己的事誠實地說出來，也比他好不了多少。不錯，他是回家去了，但我聽了世智的世俗觀點，也離開正道，往死亡的道路走去。」

樂意說：「哎呀！原來世智碰到你了。哎！他一定會勸你到守法先生那裡去尋求安適！這兩個人都是大騙子。你聽了他的建議了嗎？」

基督徒說：「我放膽嘗試了。我去找守法先生的時候，看見了他家附近那座高山，我生怕那山會壓到我頭上來，所以不得不停止。」

樂意說：「那座山已奪走許多人的性命，以後還會有更多人因它而死，幸虧你逃得快，沒有被它壓得粉身碎骨。」

基督徒說：「我當時實在不知所措，要不是再次遇見傳道，哎……我眞不知道會有怎樣的下場呢！感謝上帝的憐憫，我又碰到了傳道，否則我不可能到達這裡，但我終究到了這裡。其實像我這種人，只配死在那座山旁，而不配如此活著與我的主講話的。但是，我竟還被允許進到這裡來，這對我是何等的恩惠啊！」

樂意說：「到我這裡的人，不管之前的行爲如何，都不會被拒絕，沒有人會被趕走的[2]。基督徒，請跟我來，我要指示你當行的路。往前看，你看到一條窄路嗎？這就是你當走的路。這是我們的祖先們、先知們、基督，以及他的使徒們所走過的路，像是用尺劃的那般筆直的路。這是你當走的路。」

基督徒說：「但這路難道不會有任何彎道迂迴，使得陌生人因此而迷路嗎？」

樂意說：「當然有！有許多條路都和這條路相連，它們既彎又寬。不過你就可以憑這個特性來辨別路的正確與否，又窄又直的那一條才是正路[3]。」

這時我在夢中看見，基督徒又問樂意能不能幫他把背上的重擔挪去，因爲他還沒有卸掉，若沒有別人的幫助是絕對無法卸下的。

樂意對他說：「說到你的重擔，在沒有到釋放之地前，還是心甘情願地承擔它吧！因爲到了那個地方之後，它會自動從你背上掉落。」

第5章 曉諭之家

接著基督徒開始束腰，準備繼續他的旅程。樂意告訴他，他離開這扇門走一段路以後，會走到曉諭的家門口，他得敲門，那個人會向他展示許多好東西。於是基督徒向樂意告別，樂意則祝他一路平安。

他繼續往前走，走到了曉諭的家，他叩了好一會兒的門，終於走出一個人，問是誰在外頭叩門。

基督徒說：「先生，我是個天路客，你家主人的一個朋友叫我來此拜訪，向你家主人尋求幫助，因此我想向主人請益。」於是那個人進去通報，不久那主人出來，問基督徒所爲何來。

基督徒說：「先生，我是從將亡之城來的，要往錫安山去。站在窄門旁的那人告訴我，若是來拜訪你，你會給我看許多在旅途中對我有益的事物。」

於是曉諭說：「請進，我會給你看這些有益的事物。」說著便吩咐僕人點上蠟燭，叫基督徒跟他走，然後他領基督徒走進一間密室，吩咐僕人打開一扇門，門一打開，基督徒就看見一幅十分莊嚴的人像掛在牆上，他的雙眼仰望著天，手裡拿著全世界最好的書，嘴唇上寫著眞理的律法，背後是整個世界。他站在那裡好像是在規勸世人，頭頂上有一頂金冠懸在半空。

基督徒問：「這代表什麼意思？」

曉諭說：「畫像中是個不可多得的人。他能用福音生出兒女[1]，受生產的痛苦[2]，並且親自撫養他們。你看到他雙眼仰望著天，手裡拿著全世界最好的書，嘴唇上寫著眞理的律法，象徵他的工作是爲罪人解明奧祕難懂的眞理。你還看見他站在那裡好像是在規勸人，世界在他背後，頭頂上有一金冠懸在半空，象徵他爲了熱愛主人所託付之事而輕看今世的一切，他在來世一定會得到榮耀作爲獎賞。」

曉諭又說：「我先讓你看這幅畫，是因爲畫裡的這個人是在你可能碰到的所有困境中，唯一由上帝授權擔負起引導你這個職責的合適人選。因此，要注意我給你看的這些事物，牢牢記住它們，以免日後在路上碰到冒充的嚮導，把你帶往滅亡之路。」

然後曉諭拉著他的手，領他走進一間從來沒有打掃、佈滿灰塵的大廳。基督徒看了一會兒之後，曉諭才吩咐一個人前來打掃。那人一開始打掃，灰塵便四處揚起，使基督徒幾乎要窒息了。接著曉諭對站在旁邊的一個少女說：「快在這房間灑水。」少女灑過水之後，房間就變得容易打掃，一下子就掃乾淨了。

基督徒問，「這代表什麼意義？」

曉諭回答說：「客廳就等於從來沒有被福音的美好恩典潔淨過的人心；灰塵正是人的原罪和內心的敗壞。頭一個開始打掃的男僕代表律法；後來拿水來灑的女僕代表福音。剛才你看到第一個人開始打掃時，灰塵滿屋飛揚，不但無法將大廳打掃得乾淨，而且你幾乎窒息了。這是讓你知道，律法不但不能洗淨心裡的罪[3]，反而激發它，給它力量[4]，使它在靈魂裡更加膨脹[5]。雖然律法能突顯罪惡並禁止罪惡，卻不能給人力量勝過罪。

「你還看到那少女將水灑在大廳裡，打掃起來變得容易。這表示福音在人心裡起了美妙、寶貴的影響，於是，就像你看到那少女灑水使灰塵落下，罪就像這般被制服了。靈魂因著對福音的信靠得以潔淨，才配作爲榮耀君王的居所[6]。」

我在夢中又看到，曉諭拉著基督徒的手走進一個小房間，裡面有兩個小孩，各自坐在自己的椅子上。年紀較長的叫做貪戀，較年幼的叫做忍耐。貪戀看起來很不滿足，而忍耐卻很平靜。於是基督徒問：「貪戀爲何如此不滿？」曉諭回答說：「他們的監護人要等到明年年初才讓他們得到上好的福分，但是貪戀現在就要，而忍耐卻願意等待。」

後來我看見一個人帶著一袋財寶到貪戀面前，倒在他的腳邊，貪戀就將它們拾起，心中異常歡喜，一面還譏笑忍耐。哪知在很短的時間內，我看見他把所有的財寶都揮霍掉，只剩下一身破爛的衣服。

於是基督徒問曉諭說：「請爲我更詳細地說明這件事。」

曉諭就說：「這兩個小孩代表兩種人物：貪戀代表今世的人，忍耐代表來世的人。就像你看到的，貪戀想在今年裡，也就是今世裡，得到一切。這世界的人都是這樣，他們現在就要所有的好東西，他們不能爲了上好的福分等到明年，也就是說不願等到來世。俗話說：『一鳥在手勝過二鳥在林。』他們對這句話的信奉程度，遠超過所有來世好處的神聖見證。

可是就像你看見的，他很快就都揮霍掉，不久只剩下一身破爛衣服，這種人到末了都是這種下場。」

基督徒說：「現在我看出忍耐最有智慧，理由是：首先，他肯等待上好的東西；其次，他後來會得到榮耀，而另一個人只落得一身破爛衣服。」

曉諭說：「不但如此，你還可以再加一項，那就是：來世的榮耀是永遠不會衰敗的；而今世的一切終將成空。因此貪戀實在沒有理由因爲他先得到好東西就取笑忍耐；相反地，倒是忍耐最後得到上好的福分而有理由嘲笑貪戀。在前的一定得讓位給在後的，在後的終會得到屬於他的時機。而且在後的不需要讓位給別人，因爲已沒有後繼之人了。因此，誰先得到自己那份的，總有一天會用盡；而最後得到的人，卻可永久擁有。所以聖經中有一則關於財主的比喻：『你該記得你生前享盡了福，可是拉撒路從來沒有好日子過；現在他在這裡得著安慰，你反而在痛苦中[7]。』」

基督徒說：「我明白了，我們不要貪戀眼前的好處，而要耐心等待將來的福分。」

曉諭說：「你說得不錯，因爲『看得見的是暫時的，看不見的是永恆的[8]。』話雖如此，但由於肉體的欲望和現今的事是那麼緊密相連，而將來的福分跟肉欲又是水火不容，因此前兩者一拍即合，而後兩者之間卻難以拉近。」

這時我在夢中看見曉諭牽起基督徒的手，領他走到一個地方，牆邊有火燃燒著，旁邊站著一個人，不斷把大量的水往火裡澆，想要讓火熄滅，但那火卻愈燒愈旺，愈來愈熾。

於是基督徒問：「這是什麼意思？」

曉諭回答說：「這火是上帝的恩典在人心中所做的工作。那個用水澆想要使火熄滅的是魔鬼。儘管如此，火卻愈燒愈旺，你馬上可以明白這其中的緣故。」說著他就領基督徒到牆的後面，看見在那裡有一個人拿著一瓶油，暗中不住地往火上澆。

基督徒問：「這又是什麼意思？」

曉諭回答說：「這個人就是基督，他不斷地用恩典的油維持上帝在人心中已展開的工作。藉由這個辦法，不管魔鬼怎麼做，也不能熄滅基督子民所受的恩典[9]。那個人站在牆後暗中保持，不讓那火熄滅，這說明一個受到試探的人不容易看到恩典竟還能在他的靈魂中持續不斷動工。」

我還看到曉諭又牽著他的手，把他領到一個十分宜人的地方，那裡有一座既美麗又雄偉的宮殿，基督徒見了大爲欣喜。他還看見有些人在殿頂漫步，每個人都穿著黃金衣裳。

這時候基督徒說：「我們可以到那邊去嗎？」

於是曉諭領著他，朝宮殿的大門走去。基督徒看見，原來早有一大群人站在門口，似乎都很想進去，卻又不敢進去。離門口不遠，有個人坐在桌後，桌上放著一本冊子和一只牛角製的墨水瓶，用來登記想進門去的人的名字。基督徒還看見在門裡面站著好些穿戴盔甲的人把守著門，看他們的樣子似乎要毫不留情地傷害那些想要進去的人。基督徒感到驚愕，大家都害怕那些穿戴盔甲的人而裹足不前。基督徒看見一個態度堅決的人走到登記人員面前說：

「先生，請寫下我的名字！」登記手續辦好之後，基督徒看見那個人拔出寶劍，戴上頭盔，朝著門口那些穿戴盔甲的人衝去，他們猛烈地圍攻他，但那人毫不氣餒，凶猛地向他們砍刺，直到他自己受了傷，同時也傷了好幾個攔阻他進去的人之後[10]，他終於殺出一條路，並一直衝入殿中。這時候裡面響起一片歡欣的聲音，甚至那些在宮殿頂上漫步的人也歡呼起來了，他們喊著：

「請進！快進來！你將贏得永遠的榮耀。」

於是那個人就進去，並且穿上和他們一樣的衣服。基督徒微笑著說：「我想我了解這件事的含意。」

基督徒說：「現在我可以走了吧！」曉諭說：「不，先別急著走，讓我再給你多看一點東西，然後你再走不遲。」於是他又牽著基督徒的手，把他帶進一間十分漆黑的房間，房內有個人坐在鐵籠子裡。

這人看上去似乎十分悲傷，雙眼盯著地上，兩手交叉，唉聲歎氣，彷彿心都碎了。於是基督徒問道：「這又是什麼意思？」曉諭於是請基督徒自己和那個人談話。

於是基督徒問他說：「你是什麼人？」

他回答說：「我已不是以前的我了！」

基督徒說：「你從前是怎樣的人呢？」

他說：「我過去是個中規中矩、公開承認信仰的基督徒[11]，不但自以爲是這樣，在別人眼裡我也是這樣。我過去認爲自己有資格進入天城，那時候一想到將來可以進天城去，我就感到非常喜樂。」

基督徒：「唔，那麼你現在怎麼了？」

那個人說：「現在我是個絕望的人，被關在鐵籠之中，無法逃走。唉！我現在出不去了！」

基督徒說：「你怎會淪落到這個地步？」

那個人說：「我拋棄了以往的警惕和莊重，又放縱私欲，得罪了眞道之光和上帝的良善，我又使聖靈擔憂，祂已離我而去；我引誘魔鬼，魔鬼就來了；我激怒了上帝，被祂遺棄；我的心變得如此剛硬，我不可能悔改了。」

於是基督徒對曉諭說：「難道像這樣的人就沒有希望了嗎？」曉諭說：「你自己問他吧！」

然後基督徒說：「難道你什麼希望也沒有，必須關在這個絕望的鐵籠裡嗎？」

那人說：「沒有，一點希望也沒有了。」

基督徒說：「爲什麼？神的兒子是非常有憐憫的。」

那人說：「我已再次把祂釘在十字架上了[12]；我藐視了祂[13]和祂的義；褻瀆了祂的寶血，又褻瀆施恩的聖靈[14]。我把自己關在所有應許之外，現在會臨到我的，只剩下將來的審判和義怒帶給我的威脅。那種可怕的威脅、恐怖的威嚇，將會把我當仇敵一樣吞噬掉。」

基督徒說：「你爲什麼讓自己陷入這種地步？」

那個人說：「我貪戀情欲，追求今世的快樂和利益。我當時指望從這些事情上得到許多快樂，可是現在這些東西都在啃咬著我，像可怕的蛆蟲那樣折磨我。」

基督徒說：「難道你現在不能再次悔改嗎？」

那人說：「上帝已經不聽我的懺悔，祂的話語已不能激勵我的信心。是的，祂親手把我關在這鐵籠裡，全世界沒有任何人能放我出去。哦，永恆啊！永恆！我眞不知要如何度過這永恆的苦難！」

於是曉諭對基督徒說，「記住這個人的悲慘，作爲你永遠的警惕。」

基督徒說：「啊，這眞的很可怕！願上帝幫助我，使我警醒、冷靜，常常禱告，使我不致重蹈這個人的覆轍，陷入如此悲慘的境地。先生，現在可以上路了吧？」

曉諭說：「再等會兒，讓我再給你看一件事，你就可以上路了。」

於是他又拉著基督徒的手，走到一個房間，有個人正從床上爬起來，一面穿衣服，一面發抖。

於是基督徒問：「這人爲何發抖？」曉諭便叫那人告訴基督徒。

那人便回答說：「今晚我睡著的時候，夢見天空變得極爲黑暗，同時還有令人觸目驚心的雷電，我因而感到愁苦。我在夢中抬頭看，看見雲朵飛奔，號角聲大作[15]，雲端坐著一人，周圍侍立著千萬個天使，他們都發出火焰，滿天都是熊熊的火焰[16]。然後，我聽見一個聲音說：『死人們，起來吧，都來受審判[17]！』

「剎時岩石都崩裂，墳墓敞開，裡面的死人紛紛走出來[18]。他們有的非常快樂[19]，仰首向上望；有的卻在山巖底下四處尋找藏身之處[20]。

「然後我看見坐在雲端的人把書打開，吩咐世人都走到他跟前[21]。但由於他前面發出的烈火，使他和眾人之間隔著一段距離，就像法官和在法庭裡的犯人之間所保持的距離。我聽見一個聲音對那些侍立在周圍的天使宣佈說：『把稗子、糠和麥梗都扔到火湖裡[22]。』話一說完，就在我站的地方附近，有一個無底深坑裂開來，從它的裂口噴出滾滾的濃煙和無數燃燒的炭火，同時還發出駭人的聲響。又有聲音對天使說：『把我的麥子收在倉裡[23]。』接著我看見許多人被提到雲裡去，但是我卻被留在地上[24]。我想躲藏起來，可是無從逃避，因爲那個坐在雲端的人盯著我。我所有的罪一一在心中浮現，我的良心從各方面控告我[25]。就在那時我從夢中驚醒過來。」

基督徒問道：「爲什麼你看到這景象會如此懼怕？」

那個人說：「唉！我認爲審判的日子到了，但我還沒有準備好。最使我害怕的就是天使們將一些人提上去而我卻被留在地上；還有，地獄的深坑就在我腳邊張開大口，我的良心也折磨著我；並且，那審判官臉上露出惱怒的神情瞪著我。」

然後曉諭對基督徒說：「你有沒有用心想過這些事？」

基督徒說：「我的確想過，它們叫我滿懷盼望，又感到畏懼。」

曉諭說：「把這些事情牢記在心，讓它們作為你腰間的刺棒，在你當走的路上驅策你向前。」於是基督徒開始束緊腰帶，準備上路。這時曉諭說：「好基督徒，願聖靈常與你同在，指引你通往天城的路。」

基督徒就上路了，口裡唸著：

在這裡，我看到了稀奇和有益的事情，
看到了令人愉快的和可怕的光景，
這些都使我在已開始的旅途上腳步堅定；
讓我將這些事情細細思量，
使我明白這一切，
哦，良善的曉諭，讓我向你稱謝。

第6章 十字架

這時我在夢中看見基督徒走的那條路上，兩旁都有圍牆，牆被命名爲「救恩」[1]。背著重擔的基督徒就在這條路上奔跑，由於背上的負擔，他跑得並不輕鬆。

他這樣一直跑到一座山坡，那裡立著一個十字架，在下面略低一點的地方有個墳墓。我在夢中看見，基督徒正走到十字架前面的時候，他的重擔便從肩膀上鬆脫，滑離背脊，一直滾到墓穴口，又滾了進去，然後消逝無蹤了。

基督徒高興極了，頓時覺得十分輕快，心情愉悅地說道：「因他的憂愁，我得到安息；因他的死亡，我得到生命。」他驚奇地站了一會兒，因爲他對一看見這十字架，重擔竟然

就得到了解脫，感到訝異。因此他一看再看，直到淚如雨下[2]。當他站著，一邊仰望一邊流淚的時候，有三個發光的天使前來向他招呼說：「願你平安！」

第一位對他說：「你的罪赦了[3]。」第二位把他身上污穢的衣服脫掉，給他換上一套華美的衣服[4]；第三位在他額上蓋了個印記[5]，還給他一卷上面打了戳記的冊子，叫他在路上閱讀，並且要在天門的入口處交出來，他們說完就走了。基督徒高興得手舞足蹈，開始上路，邊走邊唱著：

背負罪的重擔遠道而來，
始終不能減輕我的痛苦，
終於來到這個奇妙的地方！
這地方是蒙福的開始，
重擔自背上滑落，
捆綁我的繩索斷裂。
有福十字架！
有福墳墓！
更值得稱頌的是那為我受辱的耶穌。

這時我在夢裡看見他繼續上路，後來來到山腳下，在路旁不遠之處，有三個人睡在那裡，他們的腳踝上全上著腳鐐。其中一個名叫愚蠢，一個名叫懶惰，另一個名叫傲慢。

基督徒看見他們那樣躺著，就想上前把他們叫醒，他喊道：「你們就像在桅杆頂上睡覺的人[6]，因爲你們下面是死海，是無底的深淵。快醒來，離開這裡吧！只要你們願意，我就幫你們解開腳鐐。」基督徒還對他們說，「要是那個像吼叫獅子般的魔鬼[7]從這裡走過，你們肯定會被牠吞吃。」基督徒這麼大聲喊叫，最後把他們叫醒了。他們望著基督徒，一一作答。愚蠢說：「我看不出有什麼危險。」懶惰說：「讓我再睡一會吧。」傲慢說：「每個人都得靠自己啊！」說完他們又躺下去睡覺，基督徒只好繼續走他的路。

不過他一想到這三個人身處險境，自願要幫助他們、喚醒他們、勸告他們、幫他們解除腳鐐，而他們卻無動於衷，基督徒不免覺得懊惱。他正煩悶的時候，看見兩個人從他所走的窄路左邊跳牆進來，快步向他走來。其中一位叫做形式，另一位叫做虛僞。就像我剛才說過的，他們來到基督徒身旁，基督徒就同他們談論了起來。

基督徒說：「先生不知從哪裡來，要往何處去？」

形式和虛僞說：「我們生長在自誇之地，現在準備到錫安山去得著獎賞。」

基督徒說：「你們爲什麼不從這條路起點的那窄門進來？豈不知經上有提到：『不從門進去，倒從別處爬進去，那人就是賊，就是強盜[8]。』」

二人說，他們的鄰人都覺得從那扇門進去，路程太遠了些，因此鄰人們總是像他們兩人剛才那樣抄近路翻牆而入。

基督徒說：「但這麼做豈不是違背了我們要去的那城主人的告誡嗎？」

形式和虛僞說，關於這一點，大可不必擔心，因爲他們所做的，早已成了慣例。更何況，如果眞有必要，他們也有辦法拿出證據來證明這習俗已經存在一、兩千年之久了。

「但是，」基督徒說：「你們這麼做經得起律法的審判嗎？」

形式和虛僞說：「既然這習俗已經有一、兩千年以上的歷史，毫無疑問的，每個公正的法官都會承認它的合法性。況且，如果我們已經走到這路了，從何處進來並不重要。既然我們已經來到這條路上，總不能否認我們已經進來這個事實吧！你也不過是走在這條路上，雖然據我們所知，你是從那窄門進來的，我們是翻牆進來的。既然走在同一條路上，那麼你有什麼強過我們的地方呢？」

基督徒說：「我是按照主的規定走，你們卻是憑著你們的妄想行走。這條路的主人早已認爲你們是賊了，所以即使你們走到這條路的終點，正當性也會受到質疑。你們沒按著主的指示自己走來，也會得不到他的憐憫而被逐出去。」

他們二人對這番話無言以對，只是請基督徒少管閒事。然後我看見他們自顧自地走著，不再討論。那兩個人只對基督徒說，對於律法和儀式，他們敢說他們和基督徒同樣切實遵守。他們說，除了基督徒身上穿的那件衣服以外，他們看不出基督徒和他們有什麼不同，那衣服據他們猜想，應該是鄰居送給基督徒的，讓他可以遮蓋赤身露體的羞恥。

基督徒說：「你們無法靠著律法和儀式得救，因爲你們沒有從那窄門進來[9]。至於我身上穿的衣服，是我所要去那地方的主人送給我的，如你們所說，是爲了遮身體用的。我把它視爲他對我仁慈的象徵，因爲從前我除了破爛衣裳之外，什麼都沒有。因此，我邊走邊安慰自己。我想，到了天城門口的時候，主必永遠認得我，因爲我身上穿的是主把我身上的破衣換掉時，白白地賜給我的衣服。此外，我前額還有一個印記，你們也許沒有注意到吧！這是我的重擔從肩上脫落的那天，主的一位親信給我印上的。我還要告訴你們，當時我還拿到一卷蓋了印的冊子，讓我在路上讀了可以從中得到安慰。我被吩咐到了天門的時候，就把它呈上，作爲准許讓我進去的憑證。這些東西想必你們都沒有，因爲你們不是從那窄門進來的！」

他們對這番話都不作回應，只是相視而笑。接著我看見他們繼續往前走去，可是基督徒走在前面，不再和二人談話，除了自言自語之外，時而歎息，有時候又怡然自得。他還常常翻閱發光天使給他的那本小冊子，讀了精神即刻爲之一振。

第7章 艱難山

然後我看見他們都走到一座山丘的山腳下，附近有一水泉。那裡除了有來自窄門的正路，還有兩條岔路。順著山腳一條向左、一條向右，但是窄的那條路卻直通山上，這段山坡就叫做艱難。基督徒走到水泉旁喝水，恢復了精神[1]，然後開始登山，邊走邊唱：

山，雖然高，我渴望登峰，
艱難不會使我怯步；
因我知生命之道就在此處。
來吧，鼓起勇氣，
別膽怯，也別恐懼！
寧可歷經艱難，行走正路，
偏路雖然輕鬆安逸，下場卻是悲慘。

這時那兩個人也來到山腳下。見那山又高又陡，旁邊還有兩條岔路，他們以爲這兩條路會跟基督徒走的那條路在山的另一邊會合，因此就決定走這兩條路——其中一條叫做危險，另一條叫滅亡。其中一個人走上危險那條路，結果進到一座有許多猛獸的大森林；另一個逕自走上那條叫滅亡的路，被引入一個有許多深坑的平原，一不留意，失足掉了進去，再也爬不起來了。

我的目光隨著基督徒的蹤跡，望著他向山上跑去，由於山路陡峭，他漸漸由跑步改爲行走，最後雙手著地很勉強地繼續攀爬。山腰上有一座舒適的亭子，這是山主爲了讓疲勞的旅客們休息而建的。基督徒到了那裡便坐下休息，接著他把那本小冊子從懷中取出閱讀，從中得著安慰，他又把他在十字架旁邊得到的那件衣服仔細察看一番。

他這樣享受了一會兒，便打起瞌睡，後來竟睡熟了，而且這一睡就睡到傍晚。在酣睡中，他手中的小冊子掉了下來。他正沉睡之際，有人前來把他喚醒，說：「懶惰人哪，你去察看螞蟻的動作就可得智慧[2]。」基督徒一聽這話馬上驚醒，急忙趕路，加快腳步走到山頂。

在山頂上，有兩個人急急忙忙地迎面跑來：一個名叫膽怯，另一個名叫疑惑。基督徒對他們說：「先生們，怎麼回事？你們跑錯方向了！」膽怯說，他們原來也是要到錫安城，而且已經走過那艱難的地方，不過，愈往前走，碰到的危險就愈多，故掉頭往回走。

「沒錯！」疑惑說：「就在前面的路上躺著兩隻獅子，牠們是睡著還是醒著，我們並不清楚。如果我們走過去，肯定被牠們咬得粉碎。」

基督徒說：「你們這些話使我開始害怕。可是我得跑到哪裡才安全呢？要是我回到本鄉，那裡隨時會被硫磺火燒毀，難逃滅亡的命運。如果我能抵達天城，在那裡必得平安。我必須冒險，因爲走回去就是死路一條，向前走雖然有死亡的威脅，但後來卻可以得到永生，所以我還是向前走吧！」於是疑惑和膽怯往山下跑，基督徒則繼續向前走。不過，他又想起了他們說的話，伸手到懷中去摸他的小冊子，想拿出來讀，藉以安慰自己，可是他怎麼找也找不著。

基督徒大爲苦惱，不知如何是好，因爲他需要那本過去讓他得著安慰的冊子，而且進天城需要它作爲通行證。他不知所措，毫無頭緒，最後他想起他曾在山坡上的亭子熟睡，於是他就跪下，懇求上帝饒恕他的愚蠢，然後掉頭回去尋找那本小冊子。折返亭子途中的那種痛苦，有誰能體會呢？他時而歎息，時而哭泣，不斷地責備自己：亭子原是爲了讓旅客疲勞時進去休息片刻、恢復體力而建造的，他竟在那裡熟睡，眞是糊塗！他懊惱地走回去，一路上很仔細地東張西望，希望碰巧能找到旅途上多次讓他得著安慰的小冊子。後來他終於看見那個亭子了。可是見了亭子反而增添他的悲傷，因爲這使他又想起他曾在那裡睡覺的罪過[3]。他一路走著，爲自己罪惡的貪睡悲嘆：「我眞是苦啊！爲什麼在白天睡著，困難當頭竟然還那麼貪睡，放縱自己的肉體，利用睡眠使肉體舒暢。山主蓋這座亭子只是讓天路客稍事休息、重振精神。我白走了許多冤枉路。以色列人由於他們的罪惡也經歷這種情形，他們本來過了紅海要進迦南地了，卻被神遣回曠野去。我現在只能滿懷憂傷地走著，如果沒有那一次罪惡的睡眠，我早就愉快地踏著步子往前走了。要是沒有睡著，我現在不知已經走了多遠了！本來只需要走一趟，現在卻得走三趟；而且現在天快黑了，我又要陷入黑暗中了。唉！眞希望我之前沒有貪睡就好了！」

終於基督徒又回到了亭子裡，在那裡坐下來，淚流滿面。但很幸運地，他朝椅子下面望去，一眼就看到了他的小冊子。他顫抖著連忙把它拾起，放進胸懷裡。他重拾小冊子的喜樂，別人實在無法體會！因爲這本小冊子就是他生命的保證，以及能夠進入他所渴望之天城的憑據。他小心地把它放在懷裡，感謝上帝的指引，使他能夠失而復得。含著高興的淚水，他又開始趕路了。

看哪，這回上山的路他走得十分敏捷。然而，在他走到山頂之前，太陽就下山了。這又使他想起貪睡的愚昧，因此他又自憐起來：「哦！罪惡的貪睡，都是你，害得我在旅途中陷入黑暗！因而得在夜裡趕路，摸黑行走。由於我的貪睡，才會聽到那些野獸在夜晚的哀號聲。」現在他又想起了疑惑和膽怯所說的事，他們提到可怕的獅子。基督徒自忖道：「這些

野獸在夜裡到處尋找獵物，要是我在黑暗裡碰到它們，要如何躲開呢？我該怎麼辦才不會被牠們撕個粉碎？」他這樣一路走著，當他還爲了自己錯誤的行爲感傷時，一抬頭，看見前面有一座莊嚴的宮殿，名叫美宮，座落在大路旁。

第8章 美宮

我在夢中看見基督徒加快腳步向美宮走去，看看能否在那裡投宿。他還沒走多遠，就走進一條非常狹窄的小路，這小路距離守門人大約兩、三百公尺。他小心翼翼地走著，終於看見路上有兩隻獅子。他想：「現在我看到了把疑惑和膽怯嚇得往回走的危險了。」（其實獅子已被鏈住，但是他看不到鐵鏈。）他簡直嚇壞了，也想像他們一樣往回走，因為再往前走，似乎只有死路一條。但是名叫警醒的門房看見基督徒裹足不前，一副想回頭的樣子，就高喊：「你的膽子這麼小嗎[1]？不要怕這兩隻獅子，因為牠們都有鏈子拴著，故意放在那裡考驗信仰，同時也可以看出沒有信心的人。你只要從路中走來就不會受到傷害。」

我看見基督徒繼續往前走，但因為害怕獅子而渾身發抖。但他謹遵門房的指示，所以雖然聽見獅子吼叫，卻沒有被牠們所傷。後來基督徒慶幸地拍著手，一直走到大門前門房站的地方，他就對門房說：「先生，這是什麼地方？我可以在這裡過夜嗎？」門房回答說：「這房子是這座山的主人所建，特為天路客的安全和休息而造的。」門房又問他從哪裡來，要到哪裡去。

基督徒說：「我從將亡之城來，要往錫安山去。但太陽已經下山，如果可能，我希望能在這裡過夜。」

門房說：「你叫什麼名字？」

基督徒說：「我現在的名字是基督徒，本來的名字是不知恩。我是雅弗的後裔，雅弗這個人，上帝曾使他住在閃的帳棚裡[2]。」

門房說：「你爲何姍姍來遲？太陽已經下山了。」

基督徒說：「我本來可以早點到這裡的……可是，我眞慘！竟在山腰的亭子裡睡著了。儘管如此，如果我沒有在睡眠中遺失了我的憑證，還是可以很早就到達這裡。我走到山頂才發覺小冊子丟了，所以不得不懷著悲傷的心情回到我睡著的地方，找到了它再來到這裡。」

門房說：「好，我把這裡的其中一位少女請出來，她和你談過以後，如果滿意你的言談，她會按著這裡的規矩替你介紹，和其餘的人相見。」於是門房敲一下鈴，裡面的人聽見鈴聲，一個端莊美麗、名叫謹愼的少女從房子裡走出來，問門房喚她有什麼事。

門房回答道：「這個人從將亡之城來，要到錫安山去，因爲筋疲力竭，而且天又黑了，問我能不能讓他在這裡過夜。我對他說必須請妳出來，等妳跟他談過以後，按照這裡的規矩，看應該如何安排。」

於是她問基督徒從哪裡來、要上哪裡去，基督徒都一一回答。她又問他如何走上這條路的，他也都告訴了她。然後她又問他在路上所看到和遇到的事情，他也說了。最後她問他叫什麼名字，他就說：「我叫基督徒，我很希望今晚在這裡過夜，因爲據我所知，這地方是山主爲了讓天路客們休憩並保障他們的安全而建造的。」她微笑著，眼睛裡含著淚水，停頓了一會兒，說：「我去找兩三個家人來。」說著就跑到門口把賢慧、虔誠和仁愛三個人叫了來。她們跟他談了一會兒後，便領他去見全家人。家中許多成員都到門口迎接他，說：「蒙主賜福的人，請進！這房子是山主為招待像你這樣的天路客而造的。」於是基督徒鞠了躬，跟著她們走了進去。他到了裡面坐下後，她們請他喝了一些茶水，並達成共識，為了儘量利用時間，在晚飯還沒有準備好以前，她們中間有些人應該好好跟基督徒談一談。她們選出了虔誠、賢慧和仁愛，她們就和基督徒談了起來。

虔誠說：「好基督徒啊！既然我們以愛心待你，今天晚上讓你在我們家過夜，請告訴我們你旅途中所遇到的一切事情，讓我們可以從中獲益。」

基督徒說：「我十分樂意。你們有興趣聽，我很高興。」

虔誠說：「最初是什麼原因

促使你踏上天路的？」

基督徒說：「我耳畔一直有個可怕的聲音驅使我離開家鄉。那聲音說，如果我在原來的地方待下去，將無可避免地遭到毀滅。」

虔誠說：「可是你怎麼會走上這條路的？」

基督徒說：「這都是上帝的旨意。我害怕遭到毀滅，根本不知道該往哪裡去。我正在顫慄哭泣的時候，碰巧遇到一位名叫傳道的，他指引我到窄門去。要不是他，我絕不可能找到路。就這樣我被引到天路，然後沿路一直走到這裡來。」

虔誠說：「難道你沒有經過曉諭的家嗎？」

基督徒說：「有啊！我在那裡還看到一些讓我一輩子也忘不了的情景，其中有三件事情令我印象特別深刻：第一，不論撒但如何破壞，基督總有辦法在人心裡維持著恩典的工作；有某個不斷犯罪的人，陷入對上帝的憐憫失去盼望的地步；還有一個夢見審判的日子已經來到的人。」

虔誠說：「怎麼，他把夢的細節都告訴你了嗎？」

基督徒說：「是的，那真是一個可怕的夢。在聽他描述的時候，我嚇得心驚肉跳，可是現在我倒很慶幸能聽到那個夢。」

虔誠說：「你在曉諭家所看到的就這些嗎？」

基督徒說：「不，他還帶我去看一座雄偉的宮殿，裡面的人都穿著金衣；我還看見一個大膽敢冒險的人來到宮殿前，有一批全副武裝的人站在門口不讓他進去，他從他們中間衝了過去，後來被邀請進到宮中，贏得了永恆的榮耀。那些情景令我十分神往！若不是知道自己得趕路的話，再待上一年我也願意。」

虔誠說：「你在路上還看到其他事嗎？」

基督徒說：「見到好多事！還沒有走多遠，我就看見一個人，就如我所想像的那樣，掛在十字架上流著血。一見到他，我背上的重擔頓時卸了下來。我本來被重擔壓得叫苦連天，可是從那時候起就完全獲得釋放，這是我前所未有的奇妙經歷。我正抬頭看的時候——因爲那時我無法抑制自己不看——三個全身發光的天使向我走來。其中一個作證說我的罪已經得到赦免；另一個脫掉我身上的破衣衫，爲我穿上這件繡花的外袍；第三個在我額上蓋了一個印記，還給我這本蓋印、密封的小冊子。」說著他從懷裡將它取出。

虔誠說：「不過你看到的還不止這些，對吧？」

基督徒說：「我剛才告訴你的都是最重要的。此外還有一些別的事，例如，我遇見三個名叫愚蠢、懶惰和傲慢的人。當我稍微走近些，看到三人睡在路旁，腳踝都有鐵鐐鎖著。你相信嗎？我無論如何都無法喚醒他們。我還看見形式和虛偽翻牆而來，他們自稱要到錫安山去，可是不久就迷失了。我雖事先提醒他們會有那樣的後果，但他們始終不信。不過，最重要的是，我發覺攀登這座山相當艱難，從那兩頭獅子旁邊走過也不容易。說來一點也不誇張，要不是那位好心的門房，說不定我就要走回頭路了。可是感謝上帝，我到了這裡，也感謝諸位收留我。」

接著賢慧認為應該問他幾個問題，聽聽他的回答。

賢慧問：「你有時會想念家鄉嗎？」

基督徒說：「會啊！不過是帶著慚愧和厭惡的心情。如果我掛念家鄉，我大有機會可以回去；我卻羨慕一個更美的家鄉，就是在天上的[3]。」

賢慧說：「你身上還有沒有帶著一些老家的氣息？」

基督徒說：「有，雖然我並不希望，但我身上依然有著以往屬血氣的思想，這種想法是我的鄉親和從前的我所喜悅的。現在這些念頭卻成了我的痛苦，我寧可不再想起這些事。可是當我想要行善的時候，邪惡老是糾纏著我[4]。」

賢慧說：「你會不會覺得有時候你似乎已經克服了那些令你困惑的念頭？」

基督徒說：「確有這種情況，但實在少得很。那些時刻對我太珍貴了。」

賢慧說：「你記不記得是什麼使你克服了那些煩惱？」

基督徒說：「當然記得。當我想到在十字架前看見的景象，煩惱便消除了；或是望著我的繡花外袍的時候，也會見效；或是讀一讀懷裡帶著的那本小冊子時，也會使我有得勝的感覺；當我想到我所渴望去的天城時，一切困擾也會消除。」

賢慧問：「爲什麼你會那麼渴慕到錫安山去呢？」

基督徒說：「喔，我希望看到曾死在十字架上但現在又眞又活的耶穌；我希望在那裡可以擺脫所有到今天還困擾我的煩惱；據說那個地方不再有死亡[5]；在那裡我可以跟我最喜歡的耶穌住在一起。說眞的，我愛祂，因爲祂卸下我的重擔。我靈裡的疾病使我十分疲倦；我很嚮往去到那個不再有死亡的地方，與那些聖徒不斷地喊著『聖哉！聖哉！聖哉！』」

然後仁愛問基督徒：「你有沒有家眷？你結婚了嗎？」

基督徒說：「我有妻子，還有四個小孩。」

仁愛說：「你爲什麼不帶他們同來？」

這時基督徒流著淚說：「哦，我多麼希望帶他們一起來呀！但他們都強烈反對我走天路。」

仁愛說：「你應當告訴他們，設法讓他們知道留在原處的危險。」

基督徒說：「我的確這樣做了，而且告訴他們上帝已指示我那城即將毀滅的事，但他們卻以爲我說的是戲言，不相信我[6]。」

仁愛說：「你有沒有向上帝禱告，使他們能聽你的忠告？」

基督徒說：「有，我非常迫切地爲他們禱告，因爲你一定可以想像，我很愛我的妻子和那幾個可憐的孩子。」

仁愛說：「你是否曾把你內心的憂傷和對毀滅的恐懼告訴他們？我猜在你看來，那場毀滅再眞實不過了。」

基督徒說：「當然有！我講了又講，他們也可以從我的神情、我的眼淚，以及我對那即將臨到我們頭上的審判之恐懼，看出我的擔憂。可是這一切都不足以說服他們，使他們跟我一起走。」

仁愛說：「他們爲什麼不肯來呢？他們說了什麼？」

基督徒說：「唉！我的妻子怕失去今世的東西，我的孩子都沉溺在年輕人那種愚蠢的歡樂中。總之不是這個原因，就是那個原因，結果他們就讓我一個人這樣流浪著。」

仁愛說：「會不會因爲你空虛的生命，使他們覺得你的話缺乏說服力？」

基督徒回答說：「的確，我的人生沒有什麼值得讚賞的地方，因爲我知道自己有許多過失。我也曉得，一個人一心爲了使他人獲益，竭力用辯論或勸告讓人相信，卻很容易因自己不好的行爲而功虧一簣。不過我十分謹慎，生怕我的行爲不當，使他們對走天路感到嫌惡。也正因爲如此，他們認爲我太拘謹了，連一些他們看來並沒有什麼害處的事也都禁戒不做。我想我可以說，要是有什麼事情攔阻了他們走天路的意願，那就是我太在意不要得罪上帝或不要做出對不起別人的事。」

仁愛說：「不錯，該隱恨他的兄弟，就因爲他自己的行爲是惡的，他兄弟的行爲是善的[7]。如果你的妻子和兒女因此對你生氣，那就表示他們不肯轉離罪惡，你卻救自己脫離了罪[8]。」

我在夢中看見眾人這樣坐著談論，直到晚飯準備就緒。然後，大家一起坐下來用餐，桌上所擺放的盡是佳餚和美酒。他們的話題始終離不開山主。譬如他做過的事情，他做那些事的目的，以及他爲什麼建了這座美宮。從他們的談話裡，我知道他過去是個偉大的戰士，曾經冒著很大的危險，與那個掌握死亡權柄的魔鬼爭戰過[9]，並且得勝，這使我更加愛他。

他們說（基督徒也相信）：「山主爲了那場爭戰流了許多血。因爲他的動機是出於對國度聖潔的愛，他的所作所爲才配

得那麼崇高的榮耀。而且，我們這家人當中有幾位在他死在十字架上以後，還跟他待在一起過，且與他交談過。他們證實山主親口說過，從天涯到海角再也無人像他這麼熱愛可憐的天路客。」他們還舉了個例子證明山主的愛，那就是爲了拯救可憐的人類，他撇下他的榮耀。他們還聽他確實說過，他不要單獨住在錫安山。他們還說，他從糞堆中提拔窮乏之人[10]，曾經使許多出身卑微的天路客成爲王子。

他們這樣談論，直到深夜。他們禱告，再次將自己委身於上帝，就各自歇息去了。他們把基督徒安置在樓上一間大房間裡，房間的窗戶朝向東方，可以看到日出，那房間叫做平安。他在那裡睡到天亮，一覺醒來，便唱道：

我現在身在何方？
因著基督對天路客的愛與關懷，
如此豐富的預備，使我罪得赦免，
我已來到天堂的隔壁！

早上眾人起身後又談論了一番，然後她們對基督徒說，等他看過那地方的稀世珍寶後，再動身也不遲。首先她們領他到書房，向他展示一些非常古老的典籍。我在夢中看見她們先給他看山主的家譜，他是亙古常在者，在永恆之中出生的兒子。這裡還詳細記載他的事蹟、數以百計僕人的名字，以及他怎樣把他們安頓在不會因時代久遠或侵蝕而朽壞的居所。

然後她們將山主某些僕人的豐功偉績念給他聽，例如他們如何「戰勝了周圍的國家，施行正義，領受上帝的應許。他們堵住獅子的口，撲滅了烈火，逃脫了刀劍的殺戮。他們變軟弱爲剛強，在戰陣上發揮威力，擊敗了外國的軍隊[11]。」然後她們又把典籍中的另一部分念出來，說到她們的主人多麼願意恩待所有的人，儘管他們過去曾經冒犯他和他的計畫。在這裡基督徒還看到其他許多著名的歷史，古代的和現代的事蹟，以及一定會實現的預言，這些可使敵人心驚膽戰，也可以使天路客得到安慰。

第二天她們帶基督徒到軍械庫去，讓他看主人爲天路客預備的各種配備，例如寶劍、盾牌、頭盔、護心鏡、全備的禱告，以及穿不壞的鞋子。這些東西的數量永不短缺，即使服事主的人多如繁星，也都夠用。

她們還給他看主人的僕人們用以施行奇蹟的工具，有摩西的杖，雅億用來釘死西西拉的木釘和錘子，基甸用來打敗米甸大軍的號角、空瓶和火把，還有珊迦用來殺死六百非利士人的趕牛用的刺棒，參孫用以表現強大能力的驢腮骨，還有大衛用以殺死迦特人歌利亞的石子和機弦，以及將來主在末日用來除滅「不法之人」的劍。此外，她們還給他看許多很有價值的東西，基督徒非常愉快。看完以後，他們就各自回去休息了。

然後我在夢中看見，第二天基督徒起床準備動身，可是她們又留他多住一天。她們說，若是天氣好的話，她們會帶他去看愉悅山。她們說，愉悅山的景象會使他得到更多的安慰，因爲那裡比他現在待的地方更靠近那個他所渴望去的避難所。於是基督徒就答應再多住一天。

第二天早晨，她們帶他走上殿頂，叫他向南觀看，他就照著做。他看見遠方有一片極舒適的多山之鄉，有樹林、葡萄園、各式各樣的果子、花草、泉水和噴泉，眞是美不勝收[12]。基督徒問那地方叫什麼名字，她們說那是以馬內利之地，她們說，像這座艱難山一樣，它是所有天路客所共享的。到了那裡，牧人就會指示天城的門。

現在他想上路了，她們也不再留他。「不過，」她們說，「我們還是再到軍械庫吧！」他們一同去了，到了之後，她們幫他從頭到腳穿戴全副軍裝，以防他在路上遇到攻擊。接受裝備之後，基督徒與這些友人們走到門口，問門房有沒有別的天路客從這裡經過。門房說：「有。」

基督徒問：「你認識他嗎？」

門房說：「我問他叫什麼名字，他說叫忠信。」

基督徒說：「哦！忠信我認識，他是我的同鄉，是我的鄰居。他來自我的出生地。你估計他走多遠啦？」

門房說：「這會兒應該已經到山下了！」

基督徒說：「親愛的門房啊！願上帝與你同在，因著你對我的善意大大賜福你。」

第9章 魔王亞玻倫

於是基督徒繼續向前走。謹愼、虔誠、仁愛和賢慧想要送他到山下，因此他們一面走一面又繼續先前的談話，一直交談到下坡的時候，基督徒說：「上山固然困難，可是現在看來，下山也將危險重重。」賢慧說：「你說的不錯，像你現在往下走到屈辱谷，難保不在路上失足，所以我們才陪你下山。」於是各人不發一語小心翼翼地走下山去，但基督徒還是免不了失足一兩次。

我在夢中看見，當基督徒走到山下的時候，這些好朋友給他一個麵包、一瓶葡萄酒，還有一些葡萄乾，然後他就上路了。

基督徒有這幾位敬虔的朋友，
金玉良言足以治療他的苦惱；
朋友和他道別的時候，
他從頭到腳披上全副軍裝。

可是在屈辱谷裡，可憐的基督徒面臨了嚴苛的考驗。因爲他才剛走進去，就看見一個叫亞玻倫的魔王在田野裡朝他走來。基督徒見了很害怕，思忖著是回頭呢？還是堅持到底。可是仔細一想，他背上沒有盔甲，如果背向敵人，反而暴露出自己的弱點，亞玻倫可以輕易地用短矛把他刺穿，因此他決定冒險繼續前進。他想到：「即使我唯一的目的是保住自己的性命，抵抗敵人卻是上策。」

於是基督徒繼續往前走，亞玻倫向他走來。這怪物十分恐怖，全身有著像魚一般的鱗甲，牠以此為傲。牠更有著像龍一般的翅膀，跟熊一樣的腳，如獅子一樣的大口，牠肚子裡冒出一陣陣的煙火。牠走到基督徒面前，眼色十分輕蔑，開始盤問基督徒。

亞玻倫說：「你從何處來？往何處去？」

基督徒說：「我來自邪惡的地方——將亡之城，要往錫安去。」

亞玻倫說：「這麼說來你算是我的子民，因為那一帶都由我管轄，我是那地方的王和神祇。你為什麼背棄我呢？若不是我還指望你為我效力，我現在一招就把你打死在地上。」

基督徒說：「我的確是在你的領土上出生的，但服侍你實在太艱苦，而你給的工資又叫人難以生存——因為罪的工價就是死[1]。因此我年紀較長之後，就像其他考慮周到的人一樣，開始注意尋求補救之道。」

亞玻倫說：「沒有一個國王會輕易放棄他的百姓，我現在也不想失去你。既然你嫌勞務重、工資少，那麼我現在答應你，只要我的國付得起，我可以多給你。你安心回去吧！」

基督徒說：「可是我已經委身於另外一位主人了，就是那萬王之王。我怎麼可以又跟你回去呢？」

亞玻倫說：「在這件事上你就像俗語所指的『愈換愈壞』。那些自認是他僕人的，過不了多久就會脫離他，又回到我這裡來，這早已司空見慣。你也可以這樣做，一切都會沒事的。」

基督徒說：「我已經信了他，並宣誓效忠於他。我若走回頭路，難道不會像叛徒一樣被絞死嗎？」

亞玻倫說：「你之前離開我，不也是背叛嗎？如果你肯回頭，我便既往不咎。」

基督徒說：「我從前答應你的話是因我還不成熟。現在我相信我所投靠的這位大君王，他必能赦免我；不僅如此，還會原諒我從前順從你而犯的那些罪。並且，老實告訴你這個毀滅性十足的亞玻倫，我喜歡爲他做事，拿他的工資，當他的僕人，受他的統治，與他同在，我也喜歡他的國度遠勝過你的一切。所以別浪費口舌啦！我是他的忠僕，我要跟隨他！」

亞玻倫說：「等你冷靜一點的時候，再多想想你在路上會遇到什麼！你知道他的僕人們大部分都沒有好下場，因爲他們冒犯了我，違背我的命令。他們中間有多少人被羞辱至死，你還認爲事奉他比服侍我好！他從來就沒離開所在之處，親自將他的僕人人從我手中救出；但我就不一樣了，大家都知道，雖然有一些忠心服侍我的人已經被他們奪去，我曾經多次用惡勢力或者欺騙，把他們從他和他的勢力範圍搶救出來，現在我也要搶救你。」

基督徒說：「他目前容忍著，不立刻去拯救他們，爲的是要考驗他們是否愛他，試驗他們會不會跟從他到底。至於你所說的關於他們所遭遇到的不幸後果，那對他們卻是最榮耀的。因為他們對眼前的拯救並未有太多的期望；他們願意等待未來的榮耀，等他們的君王和天使帶著榮耀來的時候，他們就可以得到榮耀。」

亞玻倫說：「照你這麼說，你已經對他不忠了，你怎還妄想他會付你工資呢？」

基督徒說：「亞玻倫，我怎麼對他不忠呢？」

亞玻倫說：「你在沮喪沼裡幾乎要溺死的時候，曾懊悔當初不該出發。你應該等你的君王為你解除背上的重擔，可是你卻企圖用錯誤的方法去除掉它。你曾因貪睡，遺失你的寶貴冊子。當你一見到獅子，你就準備掉頭逃走。你談到你在旅途上所見所聞時，你對自己所敘述和所做的一切都懷著虛榮的情結。」

基督徒說：「這全是事實，而且還有很多你沒有說出來呢！不過，我現在所事奉和敬重的君王極有憐憫心，樂意寬恕人。再說，我從前的種種軟弱是在你的國度裡沾染來的；我染上了這些惡癖後，也曾在它們的折磨下呻吟，為它們感到懊悔，並已得到我主的赦免。」

亞玻倫頓時火冒三丈，說：「這個萬王之王是我的仇敵。我痛恨他，也恨他的律法，恨他的子民。我來這裡就是故意要敵擋你。」

基督徒說：「亞玻倫，留心你的一舉一動，因為我是走在王的道路、聖潔的路上，因此你自己得當心。」

於是亞玻倫叉開雙腳，擋在路上，說：「這件事我一點也不怕，你才是死到臨頭了！我以地獄的名爲誓，你休想向前再走一步！我就在這裡取你的性命。」說著他向基督徒的胸口射了一支帶火焰的箭，但是基督徒早有準備，用盾牌擋住，有驚無險。

基督徒拔出他的寶劍，輪到他奮力還擊。亞玻倫也同樣迅速地向他攻擊，箭像雨點般向他射來。儘管基督徒已全力閃躲，但頭、手和腳還是受了傷。基督徒不得不退後了幾步。亞玻倫卻一點也不放鬆。基督徒再一次振作起來，全力抵抗。這場激烈的爭戰持續了半天以上，到後來基督徒幾乎筋疲力盡，他身負重傷，所以愈來愈虛弱了。

那時亞玻倫見機不可失，馬上逼近基督徒與他肉搏，把基督徒狠狠地摔倒在地上。這時基督徒的寶劍從手裡飛了出去，亞玻倫說：「現在你逃不出我的手掌心了。」說著他幾乎把基督徒壓死，基督徒開始感到絕望。但是，彷彿出於上帝的旨意，正當亞玻倫要給他最後的一擊，結束他性命的時候，基督徒伸手抓起寶劍，對亞玻倫大喊：「我的仇敵啊，不要向我誇耀。我雖跌倒，卻要起來[2]。」說著他向敵人狠狠刺去，這時亞玻倫像受了致命傷般後退。基督徒看見這情形，接著再刺，說：「然而，靠著愛我們的主，在這一切的事上已經得勝有餘了[3]。」基督徒才剛說完，亞玻倫立刻展開牠的雙翼，逃之夭夭，從此基督徒再也沒有看見過牠[4]。

在這場爭戰中，如果不是像我那樣親眼目睹，誰也想像不到亞玻倫在格鬥時一直狂喊亂叫，牠的聲音就像惡龍的聲音。另一方面，基督徒也打從心底發出歎息和呻吟，在他尚未用雙刃的利劍把亞玻倫刺傷以前，我始終沒有看見他有一點輕鬆的表情；刺傷了亞玻倫之後，他才露出微笑，仰望著天。那真是我平生所看過最驚心動魄的一場爭戰。

這場爭戰結束以後，基督徒說：「我要向把我從獅子口中拯救出來的那一位道謝，是主幫助我戰勝了亞玻倫。」於是他口中開始吟詩：

鬼魔之首別西卜，
定意毀滅我生命，
差派兇惡亞玻倫，
與我猛烈決死戰。
天使米迦勒助我，
寶劍逼走亞玻倫。
讚美感謝我救主，
頌揚他名到永遠。

這時候有人拿著生命樹的葉子給基督徒，他接過葉子，把它們放在傷口上，傷口馬上痊癒了。他又坐下來吃麵包，喝了些葡萄酒，這些餐飲是不久前朋友們送給他的。恢復了精神之後，他手裡握著寶劍又上路了，他心想，不知前面會不會遇見別的仇敵。他走出了山谷，就沒有再遇見亞玻倫了。

第10章 死蔭幽谷

走過這個山谷，又有一個名叫「死蔭幽谷」的山谷。基督徒必須要從這裡經過，因為死蔭幽谷是通往天城的必經之路。這山谷非常偏僻，先知耶利米曾如此形容：「一片曠野，是沙漠有深坑之地，是乾旱和死蔭之地，是無人（除了基督徒）經過、無人居住之地[1]。」

你在下文中將會讀到，基督徒在這裡碰到比剛才跟亞玻倫交鋒時更糟的事。

這時我在夢中看見，當基督徒走到死蔭幽谷的邊緣時，有兩個人向他走來，他們是報迦南美地惡信那些探子的子孫[2]，他們匆忙地往回走。基督徒就向他們探聽。

基督徒說：「二位往哪裡去？」

他們說：「回頭！回頭吧！如果你珍惜性命和安全的話，我們勸你回頭。」

基督徒問：「到底怎麼回事？」

他們說：「怎麼回事？我們很勇敢地順著你將走的這條路走，走到最後實在走不下去。我們實實在在地告訴你，我們差點不能回來了。如果我們往前再走一點，我們就無法在此告知你這個消息了。」

基督徒說：「你們到底遇到些什麼事？」

他們說：「啊，我們幾乎就要走進死蔭幽谷了[3]；幸好我們無意中往前望，看見了即將遇到的危險。」

基督徒問：「你們看見了什麼呢？」

他們說：「啊！就看見那個山谷裡面一團漆黑；我們還看見來自深坑裡的小鬼、半人半羊的妖怪和惡龍；我們還聽見從山谷裡傳來的連續不斷的號哭聲和怪叫聲，像是上了手銬、腳鐐的人們在極端悲慘、痛苦中囚禁所發出的聲音；在山谷的上空籠罩著混亂得使人沮喪的雲；死亡更一直在那上面盤旋[4]。總之，這一切眞令人毛骨悚然，是個十分混亂的恐怖谷。」

基督徒聽了之後說：「從你們的話語中，我感受不出這不是通往我所渴望的避難所必經之路[5]。」

他們說：「你要走，你自己去吧！我們可不想選擇這樣的路。」

說著他們就和基督徒各奔前程。基督徒繼續向前邁進，手裡仍舊握著劍，生怕自己會再被攻擊。

這時我在夢中看見，沿著整個山谷的右邊有一條頗深的溝；自古以來，許多瞎子領瞎子，結果都掉進這條溝裡，悲慘地喪命了。看啊！在左邊有一個非常險惡的泥沼，即使好人陷進去，雙腳也踩不到底。大衛王就曾陷入這淤泥中，要不是上帝把他拉出來，他就會在那裡悶死[6]。

這裡的路狹窄難行，因此基督徒必須格外小心。當他在黑暗中，試著避開那條溝的時候，他就容易掉到泥沼裡去；如果要躲開泥沼，一不小心，他又可能掉進溝裡。他這樣小心謹愼地向前走，我聽見他痛苦地歎著氣，因爲除了以上所提到的危險以外，這裡的路況漆黑無比，當他舉步前行的時候，經常不知下一步會踏在什麼東西上面。

在山谷之中，我看見地獄的入口，原來它就緊靠路邊。基督徒思索該怎麼辦。熾烈的火焰和濃煙不時從裡面噴出來，火花四射，還帶著駭人的聲音（基督徒的劍這時一點也派不上用場），他被迫收起寶劍，換上另一種稱作「多方禱告祈求」的武器[7]。於是我聽見他呼喊著：「上帝啊！我懇求祢，求祢救我[8]。」

他這樣往前走了好一會兒，可是火焰仍然朝著他襲來。他依然可以聽見那些令人悲傷的聲音和某些到處亂竄的聲音，以致有時候他以爲自己會給撕得粉碎，或者像街上的泥土讓人踐踏。在好幾里的路途中他一直看見這可怕的情景，一直聽見這些令人戰慄的聲音。

後來他走到一個地方，隱約聽見有一群惡鬼朝他而來，便停住腳步，沈思要如何對付。有時候他幾乎想走回頭路，但仔細一想，自己也許已經在山谷裡走過大半的路程了。他又記起，他已經走過許多危險，回頭走的風險可能比往前走更大，因此他決心繼續前進。那些惡鬼似乎愈來愈近。但當他們快要碰到基督徒的時候，他大聲喊道：「我要行在主的大能中！」於是惡鬼便退去，再也沒有逼近基督徒。

有一件事我不該略過：我注意到這時可憐的基督徒是如此狼狽不堪，以致他竟然辨認不出自己的聲音，於是我看到正當他走到烈火燃燒的地獄入口附近時，一個惡鬼溜到他後面，輕輕地向他走來，低聲地向他說了許多褻瀆上帝的冒犯言語，他還以爲那是從自己心裡冒出的念頭。一想到自己竟然對敬愛的上帝說出如此褻瀆的話，這比任何一件他所遇到的事情都更使他煩惱。要是他能避免的話，他絕不肯那樣做；可是他既沒辦法使耳朵不聽見，又沒有辦法知道那些褻瀆的話從何而來。

基督徒在這種令人不悅的光景中走了好一陣子之後，他覺得在他前面好像有人在說：

「我雖然行過死蔭的幽谷，也不怕遭害，因爲祢與我同在[9]。」

他聽了之後頓時感到很欣慰，這是因爲：

第一、他從中知道，還有像他一樣敬畏上帝的人也在山谷裡。

第二、雖然在黑暗和淒涼中，上帝還與那人同在[10]。「那麼」，他想，「上帝豈不也與我同在嗎？雖然由於這地方的種種阻礙，我無法感知祂的同在。」

第三、他希望（要是能夠追上他們）能有同伴共行天路。於是他繼續走著，呼喊走在他前面的人，但那人不知要如何回應，因爲他以爲在山谷裡只有他孤單一人。過了一會兒天亮了，基督徒就說，上帝「使死蔭變爲晨光[11]。」

天亮之後，他回顧剛走過的旅程，並不是想走回頭路，而是要藉著白天的光線回顧他在黑暗裡所經歷的危險。他更完整地看到在一旁的溝和另一邊的泥沼，同時也看見它們之間的路是何等狹窄。這時他還看見深坑裡的小鬼、半人半羊的妖怪和惡龍，不過天亮之後，牠們不敢靠近他，基督徒清楚察覺，就像《聖經》所記載的：「祂將深奧的事從黑暗中彰顯，使死蔭顯爲光明[12]。」

基督徒此時內心深受感動，因爲在孤獨的旅程中，他在種種危險中被拯救出來。雖然他過去十分畏懼那些危險，但現在他看得更清楚了，白天的光線使它們變得顯著。這時候，太陽漸漸升起，這對基督徒說來又是一種憐憫，因爲你會注意到，雖然死蔭幽谷的前段很危險，他還沒走的那後半段卻更危險，可能比他已經走過的路更爲險惡。從他現在站的地方一直到山谷的盡頭，沿途到處佈滿了陷阱、羈絆、圈套和羅網，就是凹坑、意想不到的危險、深不見底的洞和斜坡，要是這時也像他走前一半路時那樣黑的話，即使他有一千條命，也不會留下一個活口。這是合理的推測，不過就像我先前所說的，太陽漸漸升起，於是他說：

「祂的燈照在我頭上；我藉祂的光行過黑暗[13]。」

基督徒藉著白天的光明走到谷的盡頭。這時候我在夢中看見那裡有血跡、骨頭、屍灰和殘屍斷骸，也有一些先前走過這條路之天路客的屍體。我正在沈思原因之際，發現前面不遠的地方有一個洞穴，在那裡有兩個古時候的巨人：一個叫教皇，另一個叫異教徒。他們運用自己的權力與暴政，將好些人殘酷地處死，橫在那裡的，就是受害者的骸骨、血跡和骨灰。但是基督徒經過此地沒有遇到危險，我對這一點深感納悶。不過後來我才知道異教徒早已死了；至於教皇呢？雖然他還活著，但是由於已經上了年紀，又由於他年輕時跟對手有過許多激烈的大小衝突，現在變得老朽古怪、關節僵硬，只能坐在洞口，齜牙咧嘴地對過往的天路客冷笑，一邊咬著自己的指甲，因爲他沒有能力傷害他們了。

我看見基督徒只顧著走路，可是一看見坐在洞口的老人，他有些心煩意亂，因爲那老頭兒雖然不能追近他，卻對他說：「在看到更多的人被燒死之前，你不會改過的。」但是基督徒卻不理會，神色鎮定地走過去，並沒有受到傷害。於是基督徒唱道：

哦，世界充滿驚歎！
我本當深陷危難，
哦，感謝恩主的手救我脫險！
我在山谷的時候，地獄、罪惡、魔鬼，
以及黑暗裡的各種危險，緊緊包圍我；
我的路上還佈滿了陷阱、羈絆、圈套、羅網，
像我這樣一個不配又愚蠢的人，
原本會被擄、絆住，被打倒；
既然我還活著，
榮耀當歸給耶穌。

第11章 基督徒和忠信

基督徒繼續他的旅程，來到一個斜坡，那是刻意被堆高的，好讓天路客看得見前面的路。於是基督徒就往上走，向前一看，看見忠信走在他前面。基督徒就大喊道：「喂！喂！請留步，我要與你同行。」忠信聽見了就回頭望。基督徒朝他喊道：「請留步！停一下！等等我。」可是忠信回答：「不！我現在有性命的危險，血腥的復仇者正在我後面。」

聽了這句話，基督徒受了些刺激，並且全力趕路，很快就追上了忠信，甚至還超過了他。因此，原來在後的反而在前了。基督徒自負地露出笑容，因為他已經走在他弟兄的前面了。但由於走路不留心，他突然絆了一跤，跌倒在地，直到忠信來幫忙，他才爬起來。

然後我在夢中看見他們親密地結伴同行，愉快地談論著他們在天路之旅所遇到的一切，基督徒首先開始以下的話題。

基督徒說：「敬愛的忠信弟兄，我很高興追上了你，又因為上帝已經鍛煉了我們的心靈，使我們能夠在這愉快的旅途上作伴，我感到很喜樂。」

忠信說：「親愛的朋友，我原盼望能和你從一離開我們的城裡就同行，但你先走一步，我只好獨自走了這麼遠的路。」

基督徒問：「在我離開以後，你在將亡之城還停留了多久才出發？」

忠信說：「一直到我不能再繼續住下去為止。你走後不久，大家都說我們的城在短時間裡就會被天上的火燒個淨盡。」

基督徒問：「啊！你的鄰居們這樣說嗎？」

忠信說：「是的，有一陣子大家都這麼說。」

基督徒問：「那麼，除你以外都沒有人出來逃難的嗎？」

忠信說：「雖然像我剛才說的，大家都那麼講，但我認為他們並不十分相信，因為在談論最熱烈的時候，我聽見有些人嘲笑你和你那充滿危險的旅程（他們就是這樣稱呼你的天路之旅）。但我真的堅信，我們的本鄉免不了要被從天而降的硫磺火燒掉，因此我逃了出來。」

基督徒說：「你沒有聽到有關善變的事？」

忠信說：「有啊！我聽說他跟你一直走到沮喪沼。有些人說他跌了進去，不過他不願意讓人家這麼認為。可是我很確定他一定全身沾滿了那裡的污泥。」

基督徒問道：「鄰居們對他說了些什麼？」

忠信說：「自從回來以後，他成了所有人嘲笑的對象。有的人嘲笑他、藐視他，幾乎沒有人肯雇用他做工。他現在的情況比沒有離開那城之前還要糟糕七倍。」

基督徒問道：「既然他們也鄙視他放棄的道路，為什麼還這樣敵視他？」

忠信說：「哦！他們叫喊著：『把他吊死，他是個變節者！他嘴裡一套，心裡又一套！』按我自己的推論，由於他棄絕了那條正路，上帝甚至興起他的仇敵去攻擊他[1]，使他成爲眾人恥笑的對象。」

基督徒問道：「你離開以前，沒跟他說過話嗎？」

忠信說：「有一次我在街上碰到他，可是他就像個對自己所作所爲感到慚愧的人一樣，眼睛望著別處，避免和我打招呼，所以我就沒有跟他說話。」

基督徒說：「哎！我初走天路的時候，對他還抱著希望；可是現在，我生怕他會和那城一起滅亡。因爲，古代的俗語已經在他身上應驗了：『狗所吐的，牠轉過來又吃；豬洗淨了又回到泥裡去滾[2]。』」

忠信說：「我也擔心他會這樣，但有誰能阻止即將發生的事呢？」

基督徒說：「嗯，親愛的忠信，我們先不要管他，還是談談與我們較相關的事情吧！請把你一路上所遇到的事情告訴我。因爲，我敢說你必定遇到不少事；不然的話，還眞可以稱之爲奇蹟了。」

忠信說：「我躲過了你掉進去的那個沮喪沼，沒有遭遇那個威脅就來到窄門前；不過，我碰到一個名叫淫蕩的人，我幾乎受到她的傷害。」

基督徒說：「幸虧你逃離了她的羅網；她曾使約瑟受盡磨難，不過約瑟就像你一樣逃開了，但差點喪了命[3]。她究竟對你做了些什麼？」

忠信說：「你絕對想不到——不過你也該略有所知——她阿諛奉承的本領有多厲害；她堅持要我跟她一同偏離正路，應許我可以得到各式各樣的滿足。」

基督徒說：「不會吧！她可沒有承諾你良心上的滿足吧！」

忠信說：「你知道我指的是一切肉欲上的滿足。」

基督徒說：「感謝主，你已逃離了她。因爲，淫婦的口爲深坑；耶和華所憎惡的，必陷在其中[4]。」

忠信說：「不，我不知道我是否眞的擺脫她了。」

基督徒說：「爲什麼？我相信你沒有同意她的要求。」

忠信說：「的確沒有。我可不願讓自己被她玷污，因爲我記起以前在古書中讀到的話：『她走的路導向陰間[5]。』因此，我緊閉雙眼，我不想被她的美貌迷惑[6]。她便破口大罵，後來我就走我該走的路。」

基督徒問道：「你一路上沒遇到其他攻擊嗎？」

忠信說：「我走到艱難山的山腳時，碰到一個年紀很大的人，他問我是做什麼的，往哪裡去。我告訴他，我是個天路客，要往天城去。於是老頭兒說：『你看上去倒是個老實人。我給你工價，你肯不肯到我家與我同住？』我就問他大名爲何，住在什麼地方。他說，他的名字叫首先的亞當，住在欺騙城[7]。我問他要我做什麼工作，他會付多少工價。他說他提供的工作是許多歡娛；他付的工價是讓我最終成爲他的繼承人。我又問他的家是什麼樣子，有哪些僕人。他說，他家裡吃的是世界上所有的山珍海味，他的僕人全是他自己生的。然後我問他有幾個孩子。他說，他有三個女兒，分別是『肉體的情慾、眼目的情慾和今生的驕傲[8]』。

要是我願意的話，可以娶她們爲妻。於是我問他，他要我與他同住多久。他說，要住到他死爲止。」

基督徒說：「嗯……後來結果如何？」

忠信說：「啊！起先我倒有點想跟他去，因爲我認爲他說得很公道。但我一面跟他談話的時候，一面望著他的前額，我看見那上面寫著，要『脱去舊人和舊人的行爲』。」

基督徒問道：「那又怎麼樣呢？」

忠信說：「我就恍然大悟。不管他怎麼講，怎麼討好我，一旦我到了他家，他就會把我當奴隸賣掉。因此，我請他不要再講下去了，因爲我不會進他的家門。於是他便辱罵我，告訴我，他會派一個人來追我，那個人會使我在旅途中痛苦不堪。然後我就離開他了；可是正當我要轉身離去之際，我感覺到他一把抓住我，狠狠地拉了一下，我還以爲我一部分身體讓他拉走了呢！這使我不禁吶喊：『我真是苦呀！[9]』可是我仍向著上山的路走去。當我走到半山腰的時候，回頭一望，看見一個人像一陣風似地從後面飛快地趕來；後來他就在放長椅的地方追上了我。」

基督徒說：「我就是在那個地方坐下休息，但我竟然忍不住地睡著了，以致把我懷裡的這本小冊子弄丟。」

忠信說：「原來如此。好兄弟，先聽我說完吧！他一追上我，一語不發，便對我一陣毆打，將我打倒在地，並企圖把我打死。等我甦醒過來，我問他爲什麼對我如此兇狠。他說，因爲我暗地裡有跟隨首先的亞當的傾向。說完他又在我胸口狠狠地捶了一拳，我被擊倒，像死人般地躺在他的腳前。我第二次甦醒過來時，大聲懇求他的憐憫。可是他說：『我不知如何憐憫人。』說著又把我擊倒。要不是有個人走過，叫他住手，毫無疑問我會死在他的手裡。」

基督徒問道：「叫他住手的那個人是誰？」

忠信說：「起初我沒有認出他，不過，當他從我面前走過時，我看見他手上的釘痕，於是我認出他是我們的救主，後來我就一路走上山了。」

基督徒說：「追上你的那個人是摩西，他對誰也不留情，對違犯他律法的人，他不知道如何施恩。」

忠信說：「我很瞭解，我不是第一次碰到他。我還安安穩穩住在家裡的時候，就是他來警告我，要是我再繼續住下去，他就會把我的房子燒掉。」

基督徒問：「在你碰到摩西的山上，你沒有望見那山頂上的房子嗎？」

忠信說：「有啊，在沒有走到那裡之前還看見獅子哩！至於那些獅子，由於是正午時分，我認爲牠們都在昏睡；因爲還有很多時間可以趕路，我就從門房那裡經過，往山下行走。」

基督徒說：「門房曾提起，他看見你從那裡經過，不過你沒有進去拜訪，我覺得很可惜，因爲如果你進到屋裡，他們會給你看許多稀罕的事物，那些事物會使你終生難忘。不過請告訴我，你在屈辱谷裡難道一個人也沒有遇到嗎？」

忠信說：「當然有！我遇到一個叫不知足的人，他一直勸我要跟他一起回去。他的理由是：那山谷裡根本就沒有榮耀。此外，他告訴我，到那裡去就是不聽從我所有親友的一種舉動，如果我傻到想要拚命要走過這山谷，據他所知，就會冒犯了驕傲、自大、自誇、虛榮等人。」

基督徒說：「那麼，你怎麼回答他呢？」

忠信說：「我對他說，雖然他所說的那些人都宣稱是我的親戚，而且他們那麼說也沒錯（按著血緣，他們的確是我的親戚），但是自從我作了天路客，他們就不認我，我也和他們一刀兩斷。因此，現在在我看來，他們跟我已不屬於同一家系。我還告訴他，他完全扭曲了關於這個山谷的事；因爲『尊榮以前，必有謙卑』，『敗壞之先，人心驕傲』。因此，我說，我寧願走過這山谷，贏得最有智慧的人所敬重的榮譽，而不願選擇他認爲值得聽從的那些親友。」

基督徒說：「你在山谷裡沒有碰到別的事情嗎？」

忠信說：「有啊！我遇到知恥。不過我認爲，

我在天路旅途中碰到的所有人當中，就屬這人最徒具虛名，一點也不知羞恥。其他的人經過一番辯論（和其他情形）以後，都會認錯，可是這個厚臉皮的知恥卻絕不肯這樣做。」

基督徒說：「為什麼，他對你說了些什麼？」

忠信說：「說了些什麼？他竟然反對我的宗教信仰。他說，一個人信奉宗教是件可憐、下流、丟臉的事情。他說，一顆溫柔的良心不是男子漢大丈夫所該有的特色；一個人說話、行為要那樣小心，以致使自己的自由受到束縛，不能像歷代的大無畏的豪傑所習慣的那樣為所欲為，這樣做必致貽笑大方。他還說，過去幾乎沒有幾個有權勢、有錢或者有智慧的人會徹頭徹尾地信奉宗教；而且在他們還沒有成為傻瓜的時候，他們中間沒有一個人會願意為了一個不明不白的目的而莫名其妙地冒險邁向天路[10]。他更討厭歷代天路客卑微低賤的地位和光景，也抨擊他們對自己所處時代的無知並欠缺對自然科學的認識。不但如此，除了我已經告訴你的，他在其他方面也有許多批評，企圖讓我感到羞恥。例如，他認為聽講道時坐在那裡悲傷哭泣，聽完講道後在回家的路上一邊嘆息、一邊自言自語，是十分可恥的行為；為了微不足道的小過錯請求他人的原諒，也是同樣可恥。」

基督徒說：「你怎麼回應他呢？」

忠信說：「哎！起初我不知道說什麼好。甚至可說，他使我非常難為情，我的臉都漲紅了。知恥抓住這點，他弄得我幾乎無言以對。但後來我漸漸想到，人所尊貴的，在上帝眼中卻是可憎惡的[11]。我又想，知恥只告訴我人類是怎麼樣的，卻沒提到上帝或者上帝的話。並且我想，在末後審判的那天，我們不是按照世界上那幫作威作福之邪靈的意思，而是按照至高神的智慧和律法來判定生死。因此我想，即便全世界的人都反對，上帝說的話依然是完美的。上帝喜悅人信奉祂的宗教信仰；上帝喜悅溫柔的良心；那些爲了天國而當了傻瓜的人是最明智的，並且一個愛基督的貧窮人比一個恨基督的財主更富足；因此我說：『知恥，退開吧！你是阻礙我得救的敵人。難道我會違反至高主的旨意來取悅你嗎？那麼，在祂來的那一天，我還有什麼臉面對祂呢[12]？要是我現在把祂的道和祂的僕人當作可恥的，我還憑什麼期待能得到祂的祝福？』但知恥的確是個大膽的惡棍，我幾乎無法把他趕走；他老是纏住我，不斷在我耳邊議論某些教徒的軟弱。但最後我告訴他，他將徒勞無功，因爲他所鄙視的正是我看爲至寶的。就這樣，我終於甩開這個討厭鬼了，然後我開始唱道：

順從天上呼召者，
天路考驗數不清，
各種試探攻肉身，
接踵而至難擺脫。
也許當下或稍後，
我輩遭攻克毀滅。
行走天路當警醒，
一舉一動似勇士。」

基督徒說：「好弟兄，你這樣勇敢地抗拒這個壞蛋，我眞高興。就像你所說的，我認爲在所有的人當中，他最徒具虛名；因爲他敢在街上尾隨我們，試圖使我們在眾人面前受辱，也就是說，要使我們以良善爲恥。他自己要不是厚顏無恥之人，絕做不出這些勾當。不過讓我們一起抗拒他吧！因爲，儘管他如此虛張聲勢，他所提升的都是愚昧人，除此之外別無他人。所羅門王說：『智慧人必承受尊榮；愚昧人高升也成爲羞辱[13]。』」

忠信說：「我認爲我們必須呼求主幫助我們抗拒知恥這個惡棍，讓我們在世上爲眞理英勇爭戰。」

基督徒說：「你說得對；可是你在山谷裡沒再碰到其他人嗎？」

忠信說：「沒有了，因爲在後來的旅程中，即使我走過死蔭幽谷的時候，一路上陽光普照。」

基督徒說：「你眞幸運；我的情況大不相同。一走進屈辱谷，我就跟那個可憎的魔王亞玻倫惡鬥了好長一段時間。說眞的，我以爲他會把我殺死，尤其是當他把我按在地上，好像要把我壓得粉碎的時候。他把我摔倒，我的寶劍從手裡飛出去。他還對我說，我的命運已在他的手掌裡了。可是我呼求上帝，祂聽見了，把我從災難中救出來。後來我走進死蔭幽谷，幾乎有一半的路程是在一片漆黑中摸索前進的。我好幾次以爲自己會死在山谷裡，但最後天終於亮了，太陽漸漸升起。在之後的路上，我就覺得容易、平靜多了。」

第12章 ✣ 多話

我在夢中還看見，他們繼續趕路的時候，忠信偶然向旁邊一望，看到一個名叫多話的人，走在他們旁邊隔著若干距離（因爲這裡路面很寬，他們可以並排行走）。多話身材高大，遠看比近看順眼。忠信對這個人說：「朋友，你要去哪裡？是不是要上天城去？」

多話說：「我的確要去那裡。」

忠信說：「很好！那麼我希望我們可以結伴同行。」

多話說：「我很樂意。」

忠信說：「那麼，來吧！我們一起走，讓我們花些時間談論有益的話題。」

多話說：「我願意跟你或者任何人談論有益的事情。遇見對生命的美好事物有興趣的人，我感到十分高興。老實說，很少人喜歡在旅途上談論有關價值觀的事，他們寧可談些無益的瑣事，那使我感到苦惱。」

忠信說：「這的確令人感到可悲。有什麼事會比屬上帝的事更值得世人談論呢？」

多話說：「我很欣賞你，你的話極有說服力！此外，有什麼事能比談論上帝的事更有益、更愉快呢？換言之，如果有人對奇妙的事情感興趣的話，有什麼事能像談論上帝這麼愉快呢？例如，如果一個人喜歡談論歷史或萬事的奧祕，或者喜愛談論神蹟、奇事或預兆，再沒有比《聖經》所記載得那麼令人喜樂、那麼美妙的了！」

忠信說：「沒錯！不過我們的目的應該是要從這些事情中得到益處。」

多話說：「我就是這個意思。談這種事情最有益處，因爲談論這些，可以使人得到許多知識，譬如說，對於世俗事物的空虛和屬天事物的好處之認識。更具體而言，藉著這種談論，一個人能認識到重生的必要，明白靠自己的行爲與功德是不夠的，而基督的義又是多麼不可或缺等等。此外，談論這些能使一個人認識悔改、信仰、祈禱、受苦等等。談論這些，一個人會知道什麼是福音的偉大應許和安慰，這會成爲他的慰藉。更進一步地，人們還可以學會如何駁斥不正確的見解、爲眞理辯護，並教導無知的人。」

忠信說：「你說的都對，很高興聽你這麼說。」

多話說：「唉！就是因爲缺乏談論，所以極少人明白，爲了要獲得永生，信仰是不可或缺的，也需要恩典在人靈魂裡做工。可是他們愚昧地生活在律法裡，但那麼做是絕不可能進天國的。」

忠信說：「但很抱歉，這種屬天的知識是上帝的恩賜，誰也不能靠自己的勤勉或者光靠言談就可以獲得。」

多話說：「這我完全瞭解！除非上天賜給人，否則什麼也無法得到。一切都是靠恩典，而不是靠功德。我能引用一百處《聖經》經文來證明這點。」

忠信說：「那麼，我們現在要談的是什麼呢？」

多話說：「你想談什麼都可以。無論是天上的事，地上的事；有關道德的事，或者有關福音的事；神聖的事，或者世俗的事；過去的事，或者未來的事；外邦的事，或者本鄉的事；較基要的事，非主要的事。只要對我們有益處，我都願意談。」

此刻忠信開始覺得納悶。他向基督徒走去（因爲這段時間裡基督徒一直獨自走著），輕聲地對他說：「我們的同伴眞勇敢！這個人一定會是傑出的天路客。」

基督徒微笑著說：「你如此欣賞的這位先生，會靠他的口舌誤導許多不瞭解他的人們。」

忠信問：「那麼你瞭解他嗎？」

基督徒說：「我當然瞭解！比那位先生更瞭解他自己。」

忠信說：「請告訴我，他是怎樣的一個人？」

基督徒說：「他的名字叫多話，是我們那個城的同鄉。我很訝異你竟會不認識他，雖然我們的城並不算小。」

忠信說：「他是誰的兒子？住在哪裡？」

基督徒說：「他是巧嘴的兒子，住在閒扯街，他以閒扯街的多話聞名。儘管他能言善道，但只是個可悲的人。」

忠信說：「啊，但他看起來還不錯。」

基督徒說：「對他不熟悉的人，會覺得他還不錯，因爲他在外地名聲還不壞，但在家鄉一帶就不是這樣了。你說他還不錯，這使我想起欣賞畫家的作品所注意到的情況，這些畫只適合遠看，近看就不是那麼賞心悅目。」

忠信說：「不過我差一點認爲你在開玩笑，因爲你面露微笑呢！」

基督徒說：「雖然我笑了，但若我在這件事上開玩笑，蒼天不容！我也絕不隨便指控別人。我會更進一步告訴你這人的爲人處事。他跟誰都合得來，見人說人話，見鬼說鬼話。他現在跟你談宗教，他在酒店裡會講酒話；酒喝得愈多，話也愈多。在他的內心、他的家庭、他的話語裡都欠缺虔誠。他的一切都靠一張嘴，他的宗教只不過是爲了引人注意而高談闊論罷了。」

忠信說：「照你這麼說，那我可上了這個人的大當了。」

基督徒說：「上當？當然啦！記住那句諺語：『他們能說不能行[1]。』可是上帝的國不在乎言語，乃在乎權能[2]。談到祈禱、悔改、信仰和重生，他好像懂，卻只是說說罷了。我到過他家，看到他在家裡和在外面的行爲，我知道我對他的評論都是真的。他家裡沒有敬虔，就如同蛋白沒有味道一樣。那裡沒有祈禱，也沒有悔罪的跡象。是的，在某種程度上，人面獸心的人比他更能爲上帝服務。所有認識他的人都認爲，宗教信仰因他受玷污，因他蒙羞[3]！因著他的言行，在他住的城市那一區，對宗教信仰簡直就沒有一句好話。一般知道他的人都如此評斷：『在外是聖徒，在家是魔鬼。』連他可憐的家人也都這麼認爲。他對自己的僕人十分粗暴，經常咆哮，而且不講理，他們既不知道該怎麼辦，也不知該對他說些什麼。跟他做過買賣的人都說，與這人交易，倒不如和不法之徒往來，因為在不法之人手裡還可以達成公平一點的交易。這位多話先生（要是有機會的話）還會無所不用其極地詐騙。他把他的兒子們教得跟他一模一樣，如果他發現哪一個兒子顯出愚蠢的膽怯（出現溫柔的良心），他就罵他們笨蛋、白痴，並且絕不讓他們做任何事，也不在別人面前稱讚他們。在我看來，他那不道德的生活，使很多人跌倒、墮落。如果上帝不阻止的話，他還會毀掉更多人。」

忠信說：「啊，我的兄弟，我當然相信你！一來因為你認識他，二來你像個基督徒，不隨便論斷人。我相信你講這些事絕非出於惡意，而是確有其事。」

基督徒說：「要是我也像你一樣不認識他，或許也會有和你起初一樣的觀感。不僅如此，如果我只從反對基督教的人那裡得到有關他的資訊，我會認為那是造謠中傷——壞人常用來破壞好人名聲和信仰的手段。但是根據我所知道的，我能證明這些事情一點也不假，他還有更多同樣惡劣的事情呢！而且，好人以他為恥——他們既不以弟兄稱呼他，也不把他當朋友。在他們中間，只要提起他的名字，他們都要覺得臉紅。」

忠信說：「啊！我明白了，說與做是兩回事，今後我要更加注意這個區別。」

基督徒說：「說與做的確是兩回事，就像靈魂跟肉體那樣不相同。因為，正如肉體沒有靈魂就只是個死屍一樣，光在嘴巴說說卻沒有行為作後盾，也是死的。敬虔的精髓在於實踐：『在上帝我們的父面前，那清潔沒有玷污的虔誠，就是看顧在患難中的孤兒寡婦，並且保守自己不沾染世俗[4]。』多話先生不明白這點，他以為光聽光講就可以作個好基督徒，這是自己欺騙自己的靈魂。聽道如同播種，嘴巴會講不足以證明一個人在心裡和生命裡已經結了果子。我們很有把握，在最後的審判那天，每個人是根據他所結的果子受審判[5]。那時候，不會問你：『你過去相信不相信？』要問的是：『你有沒有付諸實踐，或只是嘴巴講講罷了？』人們是照著這個標準受審的。世界的末了好比收割莊稼[6]，在收割的時候，人們只關心成果。這並不是說不從信心來的也能被接受，我這樣講是爲了要讓你知道，到了那一天，多話的信仰告白必顯得毫無意義。」

忠信說：「這使我想起摩西曾經講過的，怎樣的走獸才算潔淨[7]。凡蹄分兩瓣、反芻的動物是潔淨的；光是分蹄，或光是反芻的都不潔淨。兔子反芻，可是不潔淨，因爲牠不分蹄。這眞像多話，他反芻，他追求知識；他咀嚼話語，可是他不分蹄。他不離開罪人的道路；他像兔子，保持著像狗或熊一樣的腳，不能歸爲潔淨。」

基督徒說：「就我所知，你講出了《聖經》裡那些經文的眞正意義。我要補充一點：聖徒保羅把某些人和那些很會說空話的人稱爲『鳴的鑼，響的鈸[8]』。他在另一處經文把他們叫做『沒有生命卻能發聲的東西[9]』。沒有生命的東西，換言之，就是欠缺了眞正的信仰和福音的恩典，因此就絕不能與有生命的上帝子民一起同列天國之中，儘管他們講話的時候，聲音彷彿天使的話語一般。」

忠信說：「啊！我本來就不怎麼喜歡與他同行，現在更加厭惡了。我們有什麼辦法和他分開？」

基督徒說：「聽我的忠告，儘管放心照著我的話去做。除非上帝感動他的心，使他改變，你會發現，不久後他就會厭惡與你結伴。」

忠信說：「你要我怎麼做？」

基督徒說：「到他那裡去，和他嚴肅地談論敬虔的力量。直截了當地問他（要等他同意才問，不過他一定不會反對），在他的內心裡、家庭裡或談話中有沒有信仰的聖潔力量。」

於是忠信又走過去，問多話：「你好嗎？現在怎麼樣？」

多話說：「謝謝，我很好！我原以爲走到這會兒我們應該早已談論許多話題。」

忠信說：「那麼，要是你願意的話，我們現在可以開始談。既然你讓我提問題，那我就問你：『上帝的救恩在人心裡如何彰顯？』」

多話說：「我看出我們要談的是關於力量的問題。嗯，這是很好的問題，我願意回答你。我的答案簡單說來就是這樣：第一、心裡有了上帝的恩典，它就會使人大聲反對罪惡。第二……」

忠信說：「且慢，停一下。讓我們一次討論一個主題。我認爲你應該說，它表現在使靈魂痛恨罪惡。」

多話說：「怎麼，大聲反對罪惡和痛恨罪惡有何不同？」

忠信說：「嗯，有很大的不同。大聲反對罪惡對某些人或許是上上之策，可是，除非出於對神的敬虔，人是不會痛恨罪的。我聽見過很多人在講台上大聲疾呼反對罪惡，可是他們在內心裡、家庭裡，或是在非正式談話中，卻很能夠忍受它。約瑟所侍候的女主人大聲喊叫[10]，彷彿她十分聖潔；但在內心裡，她卻想跟約瑟做污穢之事。有些人大聲疾呼地反對罪惡，就像母親大聲罵她懷裡的女兒，罵她頑皮，又罵她撒野，但不一會兒又緊緊抱著她、親她。」

多話說：「我覺得你正設法使我落入圈套。」

忠信說：「不，我沒有。我只是要把事情弄清楚罷了。你要用來證明恩典在心裡做工的第二個方式是什麼？」

多話說：「能參透福音中的奧祕。」

忠信說：「這種現象應該先出現才對。不過，先出現也好，後出現也好，這都是靠不住的。因為一個人可以從福音裡的奧祕獲得深奧的知識，然而在他的靈魂裡卻沒有恩典的影響。沒錯，即使一個人有各種知識，他依舊算不上什麼[11]，也稱不上是上帝的兒女。當基督問：『這一切的話你們都明白了嗎？』，門徒們回答說明白，於是他加上一句：『若是去行就有福了。』他不把祝福加在知道那些事的人身上，而是賜福給付諸行動的人。具有知識跟付諸實踐根本毫不相干；有些人知道主的旨意，卻不遵照主的旨意行事。一個人可能像個天使，無所不知，可是仍不算是個基督徒，因此，你所說的記號是靠不住的。的確，知識讓愛講話和愛誇口的人喜悅，可是上帝喜悅人將它實踐出來。這並不是說，沒有知識，心靈也可以稱得上完美，因為沒有它，心靈便顯得空洞。因此，知識有兩種：一種是對事物的推測，另一種知識則伴隨著信德和聖愛的恩典，這種知識使一個人打從內心實踐上帝的旨意。前一種知識很適合空談家；可是，若沒有後面這種知識，眞正的基督徒是不會滿足的。《聖經》說：『求你賜我悟性，我便遵守你的律法，且要一心遵守[12]。』」

多話說：「你又在爲難我了，這並不能造就我。」

忠信說：「哦，如果你願意的話，請你再舉出一個恩典影響的記號。」

多話說：「我不想舉例！因爲我知道我們不會有共識的。」

忠信說：「啊！你既然不肯舉出，能不能讓我來說？」

多話說：「隨你便。」

忠信說：「恩典在人靈魂裡做工，可見於兩方面，對信者的生命發生影響或向周遭認識他的人彰顯。

「對領受恩典的人是這樣的：它使他悔罪[13]，尤其會使他覺悟到自己天性的污穢，以及不信的罪惡（如果他不透過相信耶穌基督來得到上帝的憐憫，他必定會因不信而被定罪）。這種洞見[14]和意識，使他內心對罪惡感到懊悔和可恥[15]，並且聖靈在他的心裡啓示救世主的身分，而他必須立刻接受基督爲救主。這樣做的時候，引起他對義的渴慕，帶著這樣的渴慕，上帝的應許便成就在他身上。他所感受的喜樂和平安、他對聖潔的追求，以及他在認識主和要在世上事奉上帝這兩件事上有多麼渴望，都是視他對上帝的信仰強度而定。雖然我說恩典在人身上會如此影響，但人反倒很少辨識出這是恩典的作用。人因罪所導致的敗壞和被扭曲的理智，會使他做出偏差的判斷。因此人必須有非常健全的判斷能力，才能堅定地推斷出這是恩典在動工[16]。

「在他身邊的人，可以觀察到：

「第一、根據體驗，他口裡承認基督是主[17]；第二、活出與信仰告白相稱的生活[18]；也就是，聖潔的生活——內心的聖潔、家庭的聖潔（如果他有家庭），以及生活方式的聖潔[19]。一般而言，信仰告白使他打從心裡痛責自己的罪，爲著私下所犯的罪譴責自己[20]；這使他在家庭裡阻止罪惡，在世間促進聖潔，不只是藉著話語[21]，像假冒爲善者或能言善道者一樣，更要憑著信心和愛心，在實際行動上服從上帝話語的權柄。對這一番關於恩典影響的簡短敘述，以及它如何彰顯，你要是有不同意之處，請你儘管提出，要是沒有的話，請准許我向你提出第二個問題。」

多話說：「不，我現在沒什麼立場反對，我只能洗耳恭聽；所以，你就提第二個問題吧！」

忠信說：「是這樣的，你有沒有體驗過恩典影響的敘述中第一部分的那種情況？你的生命和生活方式能不能爲它作見證？還是你的敬虔只停留在話語裡或者舌頭上，跟行爲和眞理沒絲毫關係？要是你願意回答我這個問題，那麼，除了你知道上帝會贊同的話以外，不要多說一句，也別說任何你的良心不能爲自己辯護的話。『因爲蒙悅納的，不是自我推薦的人，而是主所推薦的人。』此外，當我的生活方式和所有的鄰居都見證我在說謊，而我卻說自己是如此這般的人，這是非常邪惡的。」

起初多話臉開始紅了起來，後來又恢復鎮靜，便回答：「你現在談到體驗、良心和上帝，並且爲了證明你所言不虛，你訴諸上帝的權威。我沒有料到會有這種討論，我也不想回答這些問題，我不認爲我有義務這樣做，除非你自命爲教師；即使你這樣做，我有權拒絕你作我的審判者。不過請告訴我，你爲什麼問我這樣的問題？」

忠信說：「因爲我看到你挺樂意說話的，而且我不知道你除了發表意見以外，還有沒有別的本領。此外，老實告訴你，我聽說你只在口頭上談信仰，你的生活方式卻與你所講的話相反。人家說你是基督徒中的害群之馬，而且由於你不敬虔的生活方式，使得基督教聲名受損，已有好些人因你邪惡的行爲而跌倒，還有更多人要因你而遭遇到滅亡的危險。你的信仰竟然跟酗酒、貪婪、污穢、發誓、說謊等惡行相染，又和傲慢的人爲伍。用在娼妓身上的俗語『她是所有女人的恥辱』，對你正好適用，你眞是所有信徒的恥辱！」

多話說：「你既然這麼容易聽信傳聞，又這樣輕率地下判斷，我也只好斷定你是個易怒或憂鬱的人，不適合與人交談。所以，我們各走各的吧！」

於是基督徒上前跟忠信說：「我不是早告訴你了嗎？你的話跟他的欲望格格不入。他寧可離開你，也不願改變自己的生命，就像我所預測的。他走了，就讓他走吧！蒙受損失的是他自己。他自己走了就省得我們還要設法和他分開；如果他一直堅持他的本色（我認爲他會那樣），他會成爲天路客的污點；並且使徒保羅也曾告誡我們，你千萬要遠離這種人。」

忠信說：「不過我們跟他討論過，我倒很高興，也許有一天他會回想起這件事來。無論如何，我對他很坦白，他如果死在罪孽之中，我一點責任也沒有。」

基督徒說：「你直截了當地與他談是對的。現在像這樣直來直往的人已經很少了，因此很多人唾棄信仰。像多話這樣愛說話的傻瓜很多，他們的信仰只停留在空談裡，生活方式既墮落又虛榮。由於他們經常跟敬虔的人相交，所以使世人感到迷惑不解，進而損及基督教的完美，使正直的人痛心疾首。我希望每個人都能像你那樣直截了當，那麼他們若不遵守宗教的敬虔，就無法再與信徒團體相交。」然後忠信唱道：

起初多話有如孔雀開屏，
他多麼膽大敢言，
自以為可以壓倒所有人！
談論恩典果效，
多話像滿月漸虧缺；
空談之人皆如此，
唯有體驗恩典之人能明白。

第13章 虛華市集

他們走過一片曠野，原本應該會沈悶的旅程，因爲兩人一路談論旅程中的所見所聞，就變得輕鬆愉快。

他們快要走出曠野的時候，忠信偶然回頭一看，發現一個人從後面追了上來，忠信認得那人。忠信就對基督徒說：「哦！看看是誰來啦？」基督徒回頭一看，說：「是我的好朋友傳道。」忠信說：「他也是我的好朋友，是他指點我踏上通往窄門的道路。」這時，傳道已經走到他們旁邊，向他們致意。

傳道說：「平安，親愛的朋友，願凡幫助你們的人也都平安。」

基督徒說：「歡迎啊！親愛的傳道。一見你就使我想起，過去你爲了我能得著永恆的益處所付出的仁厚慈愛以及奔波勞碌。」

忠信說：「非常歡迎，親愛的傳道，我們這可憐的天路客眞希望有你作伴！」

傳道說：「我的朋友們，自我們上次分手以來，你們還好嗎？你們遇到了什麼？你們如何約束自己的行爲？」

於是基督徒和忠信便把這一路走來所遭遇的種種，以及如何衝破難關至此，通通告訴傳道。

傳道說：「我非常高興，不是因爲你們遇見試探，而是因爲你們得勝了；儘管你們有許多軟弱，至今你們仍堅持在這條艱難的道路上。」

傳道又說：「這件事眞讓我欣慰，也爲了你們感到高興；因爲我撒種，你們收割。這一天即將來到，『叫撒種的和收割的一同快樂[1]』，這是說，如果你們堅持到底，『若不灰心，到了時候就要收成[2]。』冠冕就在你們前面，而且它是不朽的，『你們也當這樣跑，好叫你們得著獎賞[3]。』有些人爲了爭取這冠冕，已經走了很遠的路，可是卻被別人奪去。『你要持守你所有的，免得人奪去你的冠冕[4]。』你們還在魔鬼的攻擊射程之內，你們與罪惡相爭，還沒有抵擋到流血的地步。永遠要讓天國居首位，堅定地相信眼前看不見的事物。別讓世俗的事物佔據你們，尤其要注意你們的心靈和欲望，因爲人心比萬物都詭詐，壞到極處。你們要硬著臉好像堅石，天地間所有的能力都會作你們的後盾。」

基督徒對於傳道的勸勉十分感激，並且希望傳道多傳授一些，好讓他們在以後的旅途從那些話語中得到幫助；因爲他們清楚知道，傳道是個先知，能告訴他們可能遭遇的事，也能告訴他們應該怎樣抵抗和克服難題，忠信也同意基督徒的想法。因此，傳道開口對他們說：

「我的孩子們，你們聽過福音的眞理：你們得經過許多苦難才能進天國。此外，在每一個城市裡，有捆鎖和患難等待你們。因此，你們別指望在旅途上能夠長久不遇到任何患難。你們或多或少已見證這些話的眞實性，你們馬上就會見證更多；因爲你們知道，你們快要走出這片曠野了，不久就會走進一個市鎮，不久之後你們就會看見這個市鎮。在那裡，你們會被敵人無情包圍，他們會拚命逼迫你們；你們其中一人，或者兩人會殉道。你們務要忠心至死，上帝就賜給你們生命的冠冕。殉道的那一位，雖死於非命、痛苦萬分，卻勝過他的同伴，他不但較早到達天城，還免去他的夥伴在以後的路上所遭遇的許多患難。當你們到了那市鎮，發現我在這裡說的話應驗之時，別忘了自己的朋友，舉止要像個大丈夫，要一心爲善，將自己的靈魂交與那信實的造化之主。」

後來，我在夢中看見，基督徒與忠信走出曠野，不久後就看見前面有一個名叫虛華的市鎮，鎮上有個市集，名叫虛華市集，那個市集全年營業。它之所以叫做虛華，是因爲它比空氣還輕[5]，加上那裡買賣的東西沒有一件不是虛空的，就像智者所說的：「所要來的都是虛空[6]。」

這市集並不是新設的，它的歷史悠久，讓我把它的起源告訴你們。

差不多五千年以前，有兩位像基督徒和忠信一樣正直的天路客。別西卜、亞玻倫和眾嘍囉從天路客所走的路線看出，虛華鎮是他們前往天城的必經之地，他們就設法建立一個市集。市集所賣的是各式各樣虛華的東西，並且全年營業。市集上賣的是這些東西：房子、土地、職業、地位、榮譽、升遷、爵位、國家、王國、欲望、歡娛和各種快樂，如娼妓、妻子、丈夫、兒女、主人、奴僕、生命、鮮血、肉體、靈魂、金銀、珍珠、寶石等等。

此外，在市集上隨時都可以看見變戲法的、騙子、賭客、戲子、傻瓜、模仿者、無賴、惡棍等無所不有。

這裡還可以免費看到偷竊、謀殺、通姦、發假誓等令人觸目驚心的事。

就像在其他較不重要的市集上那樣，虛華市集裡有大小街道，街道正如其名，表明了所賣的貨品。在這裡也有獨特的地區、街、路（用國族和王國命名），在那些地方可以很快找到這市集上的貨物。這裡有英國街、法國街、義大利街、西班牙街、德國街，出售著各種虛華物品。不過，就像別的市集那樣，虛華市集有它自己的主打商品，在這個市集上，羅馬的貨品銷路特別好。各國商品中，只有英國和某些國家的商品不受歡迎。

就像我說過的，虛華鎮的虛華市集是通往天國的必經之路。若希望不經過這個市鎮就能進到天城，除非離開世界

方可[7]。耶穌基督本人在世的時候，也曾經在開市的日子經過這市鎮往他自己的國度去。不但如此，市集的大老闆別西卜也邀請基督去買虛華的東西，只要基督經過虛華鎮的時候願意對別西卜致敬，他就會讓基督作市集的主人。因爲基督是一個極有聲望的人，別西卜帶他走遍所有的街，在短時間內把世界上所有的王國都給他看，可能的話，他希望引誘基督貶低身價來買他的虛華貨品[8]。可是基督對那些東西不感興趣，因此一毛錢也沒花就離開了虛華鎮。虛華市集是個古老的市集，由來已久，而且規模龐大。

就像我說過的，天路客非得經過這市集不可。於是，基督徒與忠信就走進去了。只是，看啊！他們走進市集的時候，引起那裡所有的人一陣騷動，而且整個鎮彷彿也因他們的出現而沸騰不已，原因如下：

第一、天路客們穿的衣服跟市集上的人不相同，因此，那裡的人都睜大眼看著他們。有人說他們是傻瓜[9]；有人說他們是瘋子；還有人說他們是外地人。

第二、不但他們的服裝引人注目，市集裡的人對這兩人所講的語言也同樣感到奇怪，幾乎沒幾個人聽得懂他們在講什麼。天路客們當然講的是迦南話（上帝應許之地的語言），可是市集裡的人都是講今世的語言。因此在市集各處，人們都認爲天路客是野蠻人[10]。

第三、讓商人覺得十分可笑的是，對於虛華市集的貨物，天路客不屑一顧。要是商人主動向他們兜售，他們就用手指頭塞住耳朵大喊：「求你叫我轉眼不看虛假[11]。」然後他們朝天看，代表能使他們滿足的買賣和交易全在天上[12]。

有一個人看見他們的樣子，便嘲諷他們：「你們到底要買什麼？」然而，他們嚴肅地望著那人說：「我們買眞理[13]。」這一來讓人更有理由輕視他們，有人嘲弄，有人侮辱，有人責罵，更有人呼朋引伴叫人毆打他們。最後市集上起了一陣叫嚷和大騷動，秩序變得大亂。消息立刻傳到市集主人那裡去，他馬上跑來，派一些最可靠的朋友代表他審問基督徒與忠信，因爲他們幾乎把虛華市集搞得翻天覆地。於是基督徒和忠信被審問：「你們從哪裡來？往哪裡去？穿著這身怪異的衣服在市集裡幹什麼？」基督徒和忠信回答，他們是天路客，寄居在世上，他們要找一個家鄉，也就是到天上的耶路撒冷去[14]。此外，他們並不認爲自己引起了騷動，市民和商人沒有理由辱罵他們、妨礙他們的行程。市集的騷動起因於有人問他們要買什麼，他們回答要買眞理。然而，他們並不知道這麼回答會造成騷動。

然而審問者不相信基督徒和忠信，認爲他們是瘋子，不然就是故意搗亂市集。因此就把兩人帶去毒打一頓，又把污泥塗滿他們全身，然後把他們關進一個籠子，讓眾人公開嘲笑他們。他們就這樣困在虛華市集裡一些時日，而且成了所有人玩弄、虐待或者報復的對象，市集的主人笑看發生在他們身上的一切。可是基督徒和忠信很有耐心，不以辱罵還辱罵，反倒祝福；用溫和的話回應惡毒的話語，用仁慈回報侮辱。市集裡有幾位比其他人較謹慎、較沒有偏見的人開口阻止，並對圍觀者不斷凌辱那兩個人的行爲加以譴責，哪知卻引起他們的憤怒，認爲講公道話的人跟籠子裡的人一樣糟，說他們似乎是同夥，應該受同樣的待遇。那幾位較沒有偏見的人回答，據他們所見，基督徒和忠信溫和清醒，對任何人都沒有惡意。在市集上許多做買賣的人比他們所罵的人更應該關進籠子裡，甚至應該上刑具。雙方這樣互相用言詞攻擊（在這期間基督徒和忠信始終保持理智、沈著的態度），後來竟然大打出手，雙方都受了傷。

後來，基督徒和忠信又被帶到審問者面前，被判定要爲市集上最近一次騷動負責。因此基督徒和忠信又遭受無情的鞭打，並且披枷帶鎖，戴上手銬腳鐐遊街示眾，以儆效尤，免得再有人聲援他們，或者與他們同夥。可是基督徒和忠信表現得更理智，他們溫順、耐心地忍受別人加諸在他們身上的侮辱和羞恥，博得了市集上少數人的同情（雖然和其餘羞辱他們的人比起來，人數還是很少）。這一來不理性的那些人就更火大了，甚至決定非把那兩個人處死不可。他們威嚇基督徒和忠信，他們不再用籠子和手銬腳鐐來對付兩人，認爲他們欺騙並妖言惑眾，應處以死刑。然後他們又被押回籠中，兩腳上了足枷，等候進一步的命令。

這時候他們又記起傳道所說的話，由於傳道事先告訴了他們會遭遇到的事情，在患難中的兩人更加堅決，彼此安慰，認爲命中註定要受難的那一位將承受最好的福分。因此，兩個人都暗自希望自己能獲此大任。不過他們還是把自己交託給統治一切的全知上帝，他們對自己的處境都能知足，等候上帝的旨意。

不久，爲了定忠信與基督徒的罪，市鎭當局挑選一個適當時間，把兩個人提出去審訊。到了那時候，基督徒和忠信被帶到眾仇敵面前接受審訊。法官的名字是憎善。基督徒和忠信兩人的起訴書實質上是一樣的，雖然形式上稍微有點不同。內容如下：

「二位被告是虛華市集的大敵，擾亂市集的買賣。他們在鎮上引起騷動和紛爭，煽動一批人認同他們所持具有嚴重危害性的見解，結黨營私，意圖藐視國王的法律。」

這時候忠信答道，他只抵擋那些反對至高上帝的人，至於擾亂治安，他不承認，因爲他是個愛好和平的人。「同情我們的人是因爲看到我們的誠實和無辜，他們也因此棄惡從善。至於你們所說的國王，他是鬼王別西卜，是上帝的敵人，鬼王及其爪牙都得不到我的尊重。」

後來法官宣布，誰願意站出來替他們的國王作證，出面反駁法庭上的犯人。於是有三位證人走出來，他們是嫉妒、迷信和馬屁精。法官問他們是否認識犯人，以及他們爲了國王，

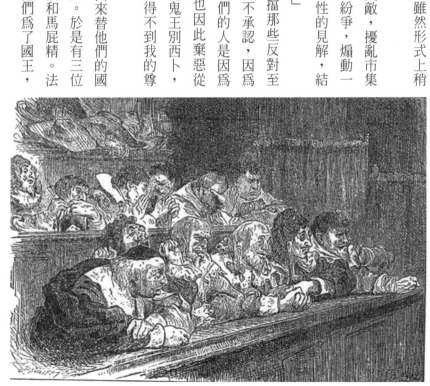

有沒有什麼不利犯人的話要說。

嫉妒首先站出來，作了以下的證詞：「法官大人，我認識這個犯人很久了，我願意在這個莊嚴的法庭上發誓……。」

法官說：「且慢，先宣誓，再作證。」

嫉妒宣誓完後說：「法官大人，儘管這個人的名字很好聽，卻是我們故鄉最卑鄙的人，他藐視國王和人民，又不尊重法律和風俗，還千方百計利用他不義的想法企圖影響所有的人，他概括地把那種想法稱作信心和聖潔的原則。甚至我聽他說過，基督教和虛華鎮截然不同，無法妥協。法官大人，他這樣的說法，不但譴責我們所有值得讚揚的風俗，也同時譴責我們這些遵守風俗的人。」

於是法官對他說：「你還有別的話要說嗎？」

嫉妒說：「法官大人，我想說的話還很多呢！但是我不願意在法庭上太囉唆。不過，如果在其他兩位先生作證完後，還不足以定他死罪的話，我再詳述證詞不遲。」法官就吩咐他站到一旁。

然後他們傳喚迷信，命令他望著被告。他們也問他有什麼反駁被告的話要替國王說，然後請迷信宣誓。接著他開始說：「法官大人，我跟這個人並不熟，也不願意進一步瞭解他。不過我知道他是個危險分子，這印象是從和他在城裡談話的那一天得來的。在談話中我聽見他說，我們的宗教十分空洞，沒有人會因爲信奉這個宗教而蒙上帝喜悅。法官大人，您清楚知道，他話中所指的必然結論就是：我們的崇拜不但虛空，而且還有罪，最後終將滅亡。這就是我必須說的。」

最後，他們請馬屁精宣誓，請他替國王作不利犯人的證詞。

馬屁精說：「法官大人、諸位先生，這個人我認識已久，聽他說過一些不該說的話。他毀謗我們高貴的國王別西卜，談起國王高貴的朋友：舊我爵士、肉欲爵士、奢華爵士、愛虛榮爵士、好色老爵士、貪婪爵士和我們可敬的貴族等，更是態度輕蔑。他還說，如果這裡所有的人都跟他想法一樣，這些貴族中將無一人能在這城裡有任何位分。而且他也不怕得罪現在被指派作法官的您，他稱您為不敬畏神的惡棍，並用這類名稱誹謗城裡大部分的紳士。」

馬屁精講完之後，法官對犯人說：「你這亡命之徒、異教徒、賣國賊，有沒有聽見這些誠實君子的證詞？」

忠信說：「我可不可以講幾句話替自己辯護？」法官說：「喂！小子，你不配再活下去了，理當立刻處死。可是為了讓世人看到我們對你的仁慈，我們就聽一聽你這喪德的亡命之徒要說什麼。」

忠信說：「第一、我不承認嫉妒先生對我的指控。我只說過，凡是違反上帝真道的規則、法律、風俗或人，都與基督教對立。要是我說錯了，請讓我知道錯在哪裡，我會當著你們的面收回我講過的話。

「第二、關於迷信先生和他的指控，在此簡單回應：崇拜上帝需要聖潔的信仰；但是若沒有上帝旨意的神聖啓示，就不會有聖潔的信仰。因此，如果在崇拜中有任何成分不符合神聖的啓示，那完全是出自凡人的信仰，無法讓人得到永生。

「第三、至於馬屁精先生所說的，我說——現在我要避免使用任何術語，免得你們說我罵人——這城市的國王和他的烏合之眾，或者像這位先生所提及的，國王的暴民與隨從，比較適合到地獄去，不配住在這市鎮。求上帝憐憫我！」

這時候法官對陪審員（他們始終在一旁傾聽觀察）說：「陪審團的先生們，你們看到了在這城裡引起巨大騷動的人，你們聽見了這些可敬的先生所作的證詞，你們也聽見了被告的回答和自白。現在你們有權決定他的生死，不過我認爲有必要向你們解釋我們的法律。

「在別西卜的僕人法老王的時代有一條法令規定：爲了避免異教徒的人數增加，造成人多勢眾對法老不利，應該把信仰上帝的信徒所生的男孩丟到河裡去[15]。別西卜的另一個僕人尼布甲尼撒王，在他掌權時也立了一條法令：凡是不俯伏敬拜王的金像者，一律扔到烈火的窯中[16]。在波斯王大利烏時代也立了一條禁令：不論何人，向王以外的任何神求什麼，就必須扔在獅子坑中[17]。忠信這個叛徒實質上觸犯了這些法令，不僅在思想上（那已經無法容忍），而且在話語中和行爲上違法，絕對無法容忍。

「法老的法令是基於預防危害的發生而定，當時並沒有明顯的犯罪行爲，但這個案子裡已有明顯的犯罪行爲。關於第二條和第三條法令，你們聽到他自己也坦承反對我們的宗教，他既已承認大逆不道的罪行，就該被處以死刑。」

陪審團成員盲目先生、無用先生、惡意先生、縱欲先生、放蕩先生、魯莽先生、高傲先生、敵意先生、謊言先生、殘忍先生、恨光明先生和不滿足先生都走了出去。他們個個都認定忠信有罪，後來全體一致決定在法官面前定忠信的罪。起初他們在討論的時候，陪審長盲目先生說：「我看得清清楚楚，這個人是個異教徒。」接著無用先生說：「世界上不需要這種人！」惡意先生說：「對，我連他的外表也討厭。」縱欲先生說：「我無法忍受他。」放蕩先生說：「我也不能，因爲他將來一定會不斷譴責我的作風。」魯莽先生說：「絞死他，絞死他！」高傲先生說：「他眞是一個可悲的下流人。」敵意先生說：「我打從心底討厭他。」謊言先生說：「他是個惡棍。」殘忍先生說：「絞刑還太便宜他了。」恨光明先生說：「我們快點處決他吧。」最後，不滿足先生說：「即使把全世界給我，我也不能跟他妥協，我們立刻判他死罪吧！」

於是他們就這樣決定了。不久後忠信被判死刑，庭上吩咐把他從法庭帶回到原來拘禁他的地方，在那裡接受人能想像之最殘忍的死法。

後來他們押著忠信出來，按照他們的法律處治他：首先他們鞭打他，然後用拳毆打他，接著用刀刺他，之後又向他丟擲石頭，再用劍刺他，最後他們在火刑柱上將他燒死。忠信就這樣死了。

這時候我看見群眾後面有一輛馬車和兩匹馬等著忠信，他剛被敵人處死就馬上被接進了那輛馬車，在號角聲中，馬車飛馳穿過雲端，這是到天門最近的路徑。至於基督徒，則獲判緩刑，還押監牢，他在那裡又待了一陣子。然而，統管萬有、全能的上帝使基督徒得以順利逃脫，繼續天路之旅。基督徒邊走邊唱：

忠信忠實地為主獻身，
將得到與主同在的福分。
不忠之人儘管有虛空的歡樂，
後來卻在地獄的折磨中哀哭。
高歌吧，忠信，高歌吧！
你的名將永遠長存，
雖然他們將你處死，
你卻獲得永生。

第14章 基督徒和盼望

我在夢中看見，基督徒並非單獨行走，有一個名叫盼望的人與他同行。盼望看到基督徒和忠信在虛華市集上受苦時所說的話和行爲，後來盼望便與基督徒結爲兄弟，決意要陪他行走天路。雖然忠信爲了眞理作見證而殉道，卻有另一個人從骨灰裡奮起，作基督徒的同伴。盼望還對基督徒說，市集裡漸漸會有更多人隨後而來。

我看到他們離開市集不久，就趕上一個走在他們前面、名叫私心的人。他們問他：「先生，你是哪裡人？要去哪裡？」私心告訴他們，他來自巧言鎭，要往天城去（但拒絕透露姓名）。

基督徒說：「從巧言鎭來的！那裡會有什麼好人嗎[1]？」

私心說：「我想，當然有吧！」

基督徒說：「先生，請問我要如何稱呼你？」

私心說：「我們彼此並不認識，如果你也走這條路，我很高興與你一起走，不然的話，各走各的也很好。」

基督徒說：「我聽過巧言鎭這個地方。根據我的記憶，似乎是個富裕的地方。」

私心說：「是的，我可以向你保證是這樣沒錯。我有很多富有的親戚住在那裡。」

基督徒說：「恕我冒昧，請問你的親戚是哪幾位？」

私心說：「幾乎全鎮的人都和我有親戚關係，尤其是變卦爵士、隨波逐流爵士、巧言爵士（這鎮的名字就是以他的祖先來命名）。還有圓滑先生、騎牆派先生、無所謂先生；我們教區牧師兩舌先生是我的舅舅。老實說，我也是個上流紳士，但我的曾祖父只不過是個船夫，向前張望、向後划船，我大部分的家產是從那個職業得來的。」

基督徒問：「你結了婚沒有？」

私心說：「結婚了，我的妻子是個有才德的婦人，她的母親做作夫人也十分賢慧。我妻子算是出身名門，受良好的教養，不論面對王子或農民，她都應對得體。我們在信仰方面的確跟那些比較嚴格的信徒稍有不同，不過也只有一、二個細微的差別：第一、我們從不與潮流作對；第二、當宗教盛行，信教顯得光榮，並且會得到人們讚揚的時候，我們總是非常熱衷。」

接著，基督徒向盼望走近一步，說：「我想起來了，這人是巧言鎮的私心。如果是他沒錯，那我們就是和這一帶名符其實的無賴結伴同行了。」於是盼望說：「問他好了，據我看來，他不至於連自己的名字都羞於承認吧！」因此基督徒便走到私心面前說：「先生，聽你講話，好像你比全世界的人更有學問。如果我沒有猜錯，我想我大概知道你是誰了。你應該就是巧言鎮的私心先生吧！」

私心說：「那不是我的本名，那是一些受不了我的人給我的綽號。我只好心平氣和地忍受這個恥辱，就像在我之前別的好人也願意忍受一樣。」

基督徒問：「不過，人家會這樣叫你，一定是有理由的。」

私心說：「沒有！從來沒有！我之所以有把柄被人叫這個名字，不過是因爲我總是能針對當前的潮流作出判斷，無論時機如何我都能下決定。而且我運氣很好，判斷力總是八九不離十。如果我因此得了這個綽號，我會視爲祝福，卻有人因此就惡意地責備我。」

基督徒說：「我認爲你確實是我所聽說過的那個人。老實說，我倒覺得這名字用在你身上，是再合適不過了，雖然你不願意我們這樣認爲！」

私心說：「唉！如果你這麼認爲，我也沒有辦法。假如你還讓我作你的夥伴的話，你會發現我是個好同伴的。」

基督徒說：「你若要跟我們同行，就必須反抗潮流。可是我看得出這有違你的主張。人必須堅守信仰，不論衣衫襤褸還是穿著銀鞋的時候；不論是戴著鐐銬成爲階下囚，或是光榮地走在街上受人喝采的時候。」

私心說：「你們不要干涉我的信仰。我有我的自由，讓我跟你們一起走。」

基督徒說：「再多走一步都不行！除非你願意照我所提出的那樣做。」

私心說：「我絕不會放棄我的原則，因爲那些原則是有益無害的。如果我不能跟你們一起走，我就回到你們沒有趕上我的情形——一個人走，直到有人追上我，樂意和我作伴。」

我在夢中看見基督徒和盼望撇下了他，在他前面保持著一段距離走著。可是他們當中其中一人回頭一望，看見私心後面還有三個人，而且他們趕上私心的時候，私心向他們鞠躬問安，他們友善地回禮。三人的名字分別是：戀世先生、愛錢先生、吝嗇先生。私心先生從前就認識他們，他們小時候是同學，一同在北方貪財郡求利城的豪奪先生門下學習。豪奪先生傳授他們獲利的策略，不論是使用暴力、欺騙、諂媚、說謊或者披上宗教外衣獲利的手段，他全都教給他們。四位先生從豪奪先生那裡學到許多這類的技巧，因此他們每個人都有能力在這種學校任教。

他們互相打過招呼之後，愛錢先生問私心先生：「走在前頭的人是誰？」（因爲基督徒和盼望仍在他們視線範圍。）

私心說：「那兩人從很遠的地方來，用自己的方式行走天路。」

愛錢說：「哎呀！他倆何不稍等我們一下，那樣我們就可以有很好的旅伴。我希望我們大家都走同一條天路。」

私心說：「我們的確希望如此。但是前面那些人非常嚴格，堅持他們自己的觀念，並不尊重別人的意見，不管別人多麼虔誠，只要跟他們有一點點意見不合，他們就拒絕讓別人與他們同行。」

吝嗇說：「這眞糟糕。我們看到有些人正直過了頭。這種人的嚴苛使他們專愛論斷別人，嚴以責人、寬以待己。不過，請告訴我，你和他們在哪些方面意見分歧？」

私心說：「他們的觀念十分古板，不論什麼時令他們都得拼命趕路！而我則要看風勢和潮流而定。他們毫不猶豫地願意爲上帝冒險，而我則要用一切有利的條件保住我的生命和財產；他們認爲儘管所有的人都反對他們，他們仍要堅守信仰，而我只在時間、條件以及安全許可的時候才持守信仰；他們支持信仰，即使衣衫襤褸、受人藐視也不放棄，而我只在光鮮亮麗、陽光普照、受人喝采的時候才擁護信仰。」

戀世說：「你說得對，私心先生。我只能說他們眞是愚不可及，他們有自由保住他們所有的，卻傻傻地把它丟掉去換取難以理解的應許。我們要像蛇一樣靈巧，趁太陽大時曬乾草，把握時機才是上策。你看蜜蜂在冬天怎樣蟄伏不動，只在牠能歡喜得益處的時候，才出來活動。上帝有時降雨，有時賜陽光。如果他們傻到要在雨天趕路，那我們就選在好天氣才走吧！至於我，我最喜歡那

種上帝賜福人，而且安全的宗教，因為有理智的人都知道，既然上帝賜給我們好東西，祂當然是要我們保住它們。亞伯拉罕和所羅門都因信上帝而家產豐富；《聖經》中約伯的朋友提到，如果人要歸向全能者，要將珍寶丟到塵土裡。不過約伯並不像前面那兩個天路客一般，把黃金視為塵土。」

吝嗇說：「我想我們對這問題看法是一致的，因此沒必要再繼續討論了。」

愛錢說：「的確，這事沒必要多談。因為一個既不相信《聖經》，又不相信理智的人（《聖經》與理智都可證明我們的觀點），既不知道自己有什麼自由，也不尋求自己的安全。」

私心說：「弟兄們，你們都知道，我們是走天路的。為了避開那些不快的事情，還是談點別的事吧！讓我問你們一個問題：假設一個人，比如一位牧師，或一位商人……，很想得到今世的好福分，可是他根本沒有機會，除非他（至少在表面上）對宗教顯得格外熱心，插手他以往根本就不碰的事。難道他不能以此為手段來達成目的，同時仍舊是個正直、誠實的君子？」

愛錢說：「我看出你這問題的核心了。諸位若不介意的話，我就試著答覆。首先，以牧師為例，假設一位牧師——一個可敬的人，只有很微薄的薪俸，而在他的心目中卻有更好、薪俸更高的差事，他現在有機會得到它，只要他更努力、更經常、更熱心講道，而且也願意變更他的某些原則來迎合眾人的喜好。在我看來，只要他曾被上帝呼召，我看不出為什麼不能這樣做。他一方面賺更多的錢，同時仍舊是個誠實的人。因爲：

「一、他渴望得到較優厚的薪俸是合乎律法的（這是無法反駁的），因爲將財利擺在他面前是上帝的旨意，所以他可以設法追求，不必考慮良心的問題。

「二、由於他對那薪俸的嚮往，使他成爲更勤勉、更熱心的傳道人或者什麼的，因而使他變成一個更好的人。此外，這會使他的才幹進步，這完全合乎上帝的旨意。

「三、至於他爲了迎合人們的喜好，爲了服事他們而放棄某些原則，這說明他是樂於捨己的人；他有著和藹、迷人的態度，因此讓自己更勝任牧師職務。

「四、結論是：一位小牧師轉變成大牧師，我們不該認爲他是貪婪。既然他在才幹和勤勉方面因而都比以前更好，我們應該把他視爲一個忠於自己的呼召，並且樂意利用機會行善的人。

「現在談到問題的第二部分，也就是你所提到有關商人的問題。假定一個商人原本生意很清淡，假若變得虔誠，就可以改善業績，或許得著有錢的妻子，或許得著更好的顧客。我可看不出他有什麼理由不能這樣做。因爲：

「一、不管手段爲何，變得虔誠是一種美德。

「二、娶個有錢的妻子，或者招攬更多的顧客到店裡，並不違背律法。

「三、一個人由於虔誠而得到這些東西，這是好的。他自己變得更好，因而使得生命得著益處，藉此得到好妻子、好顧客和好利潤。而他之所以得到這些好處，是因爲他變得比較虔誠了，這是件好事。總之，爲了要得到這些東西而變得虔誠，是又好又有利可圖的計畫。」

愛錢先生對私心先生提出之問題所作的答覆，受到眾人高度的讚賞。因此，他們的結論是：整體而言，這是非常有益、有利的事，他們認爲沒有人能有效反駁。在此同時，因爲基督徒和盼望還離他們不遠，眾人便一致同意，設法追上基督徒與盼望，用這個問題挑戰兩人，更何況那兩人還曾經反對過私心先生。於是他們就呼喚基督徒和盼望，那兩個人停下來，站著等他們走過來。他們邊走邊商議，決定不派私心先生而派戀世先生爲代表，向那兩個人提出問題。因爲，他們假設那兩人對戀世的答覆，不會受到剛才私心先生跟他們分手時所引起之怒火的殘留情緒所影響。

於是他們走上前去，彼此簡短問候之後，戀世先生向基督徒與盼望提出問題，請他們回答。

基督徒說：「即使一個初信的人也能輕鬆回答這種問題。爲了溫飽而追隨基督已經是不對的[2]，更何況還利用神和宗教，作爲獲取世俗物質享受的工具，豈不是更可鄙！只有異教徒、假冒爲善的人、魔鬼和術士才會這麼認爲。

「一、異教徒就是抱著這種思維。當年哈抹和他兒子示劍垂涎雅各的女兒和牲畜，而且知道除了受割禮以外沒有其他辦法可以把雅各的女兒與牲畜弄到手，就對他們的同伴說：『我們中間所有的男丁都要受割禮，和他們一樣。他們的群畜、貨財和一切的牲口豈不都歸我們嗎？』他們覬覦的是雅各的女兒和牲畜，而宗教是他們用來達到目的的手段。（想知道完整的故事，請參考《聖經》創世記卅四章20－24節。）

「二、假冒爲善的法利賽人也是這樣信教的，他們假意作很長的禱告，可是心裡想的卻是侵占寡婦的家產，這些人要受到神更嚴厲的責罰[3]。

「三、魔鬼的化身猶大也是這樣信教的。他爲了金錢而信教，靈魂就失喪了，最後被神離棄，難逃滅亡的結局。

「四、術士西門也是如此。他想領受聖靈，爲的卻是要賺取錢財，彼得因此就定了西門的罪[4]。

「五、我的結論是，如果一個人爲了世俗利益而信教，他也會爲了世俗利益放棄宗教。猶大就是爲了世俗的東西才熱衷宗教，所以他也爲了世俗的東西出賣他的信仰和他的主。我看你們對這個問題作肯定的答覆，並且認爲這答覆是正確的，其實那是受了異教徒、僞善者和魔鬼的影響。你們必因自己的行爲受應有的報應。」

他們都站著，面面相覷，無言以對。盼望也十分贊同基督徒紮實的答覆，所以眾人一時沈默不語。私心先生和他的夥伴刻意放慢腳步，走在後面，暗中希望基督徒和盼望趕快往前走去，消失在他們眼前。接著基督徒對他的同伴說：「要是這些人在面對人的審判都站不住腳，將來如何面對上帝的審判？面對我們這種泥作的器皿，他們都已經無言以對，將來面對烈火斥責的時候，他們該怎麼辦？」

基督徒和盼望遠遠超過其他人走在前面，後來到了被人稱爲安閒的優美平原，他們愉快地走著。不過安閒平原面積不大，他們很快便越過了。在平原的盡頭有一座名爲財利崗的小山，山上有銀礦。因爲銀是稀有的珍寶，曾有許多人爲了貪看而改道，但他們靠礦坑的邊緣太近，從外表看不出有什麼危險的地面跌了下去，有的人因此喪了命，有的終生殘廢。

接著我在夢中看見底馬一副紳士模樣，站在路旁不遠的銀礦邊緣，不斷招呼著天路客過去看。底馬對基督徒和他的同伴說：「喂！到這裡來，我給你們看一樣東西。」

基督徒說：「有什麼東西值得我們離開正道去看？」

底馬說：「這裡有銀礦，有人正在開採，可以得到財富。如果你們願意加入，只要稍微費一點力氣，就可以發財。」

於是盼望說：「我們不妨過去看看吧！」

基督徒說：「我可不去！我早就聽過這個地方，許多人在這裡喪命。那些財寶是天路客的陷阱，因爲它阻撓許多天路客的旅程。」

基督徒對底馬說：「這地方不是很危險嗎？它不是阻撓許多人的天路旅程嗎[5]？」

底馬說：「其實不怎麼危險，除非是自己不小心。」可是他講這話的時候，滿臉羞紅。

於是基督徒對盼望說：「我們一點也不能動搖，還是走我們的路吧！」

盼望說：「我向你保證，如果私心來到這裡，接到同樣的邀請，他一定會去看的。」

基督徒說：「這是毫無疑問的，因爲這種邀請正合乎他的原則，而且他百分之百會死在那裡。」

接著底馬再次對他們喊著：「你們眞的不過來看看嗎？」

於是基督徒嚴厲地回答：「底馬，你是奔走主的正道之天路客的仇敵，你因爲離開正路已經被萬王之王的法官定了罪[6]，爲什麼你還要害我們被定同樣的罪？況且，我們一離開正路，我們的主——萬王之王，一定就會知道，等將來我們想要坦然無懼地站在主面前時，他卻會當場叫我們感到羞愧。」

底馬又大聲解釋說，他也是和他們志同道合的人，只要他們肯逗留片刻，他便會跟他們一起上路的。

接著基督徒問：「你叫什麼名字？我剛才喊的就是你的名字吧！」

底馬說：「不錯，我的名字是底馬。我是亞伯拉罕的子孫。」基督徒說：「我認識你，你的曾祖父是基哈西[7]，猶大[8]是你的父親，而且你正步了他們的後塵。你要的只是惡魔的把戲：你的父親因爲出賣了主而上吊自殺，你的報應不會比他好到哪裡去。你可以放心，我們見到萬王之王的時候，一定會把你的行爲告訴他。」

後來，兩人繼續天路的旅程。這時候我看到私心和他的夥伴們，他們看到底馬在招手就馬上走過去。後來他們是在礦坑邊緣往下望時掉進去的，還是到下面採礦時給礦底下冒出的沼氣悶死了，我就不太清楚。不過我注意到，他們從此就沒有再出現在天路上了。這時基督徒唱道：

私心底馬兩人物以類聚，
底馬呼喚，私心上前相隨，
貪圖錢財，沈迷今世，
斷送美好前程。

我在夢中看見在平原的另一邊，這兩個天路客來到一座古老的紀念碑前，這紀念碑就矗立在路旁，他們兩人見到那塊碑，眼光就被吸引，因爲那紀念碑的形狀非常奇特，很像是一個女人變成的柱子。他們站在碑前看了又看，可是一時不明白到底是什麼。最後盼望瞥見碑頂有字體特殊的筆跡。盼望不是很博學，就招呼較有學問的基督徒過來，或許他能看懂其中的意義。經過幾番研究之後，基督徒辨認出上面寫的是「以羅得之妻爲戒」，他就讀給盼望聽，然後兩人斷定這就是羅得之妻變成的那根鹽柱[9]。由於她從所多瑪逃出時，貪婪地回頭一看，才變成了這個樣子。這突然出現的驚人景物引起了他們以下一番討論。

基督徒說：「啊，我的兄弟！這眞是應時的奇景。正好在底馬引誘我們去財利崗後，讓我們看見它，實在再適宜不過。要是當時我們眞的按他的意思、或像你所打算的那樣走了過去，我的好兄弟啊！我們恐怕就會像這女人一樣，變成供後人觀看的景物了。」

盼望說：「我眞慚愧當時怎會那麼愚蠢，所幸我們沒有落得像羅得的妻子那樣的下場。我的罪跟她的罪有什麼不同？她只不過回頭一看，而我剛才卻渴望走過去看呢！感謝上帝的恩典保守我們沒走過去，但我心裡竟有這種念頭，眞可恥啊！」

基督徒說：「我們應該謹記眼前所見的，成爲今後的警惕。這個女人躲過一次審判，沒有與所多瑪一起滅亡。然而，就像我們所看到的，她卻毀滅於另一場審判，變成了一根鹽柱。」

盼望說：「對！這女人的事可以讓我們更加警惕，同時也是個活生生的例子。她提醒我們應避免犯她所犯的罪；也讓我們看到，審判會臨到那些沒有警惕心的人：可拉、大坍、亞比蘭和同黨的二百五十人因罪滅亡這一事實，也給了人們一個引以爲戒的例子[10]。不過我特別想到一件事：底馬和他的夥伴怎敢大膽地改道尋找財寶？羅得的妻子僅僅因爲回頭一看就變成了鹽柱（根據書上的記載，她並沒有偏離道路一步），尤其他們在視線範圍就可以看見她受的審判所留

下的教訓，只要他們一抬起頭來，就一定會看見這鹽柱。」

基督徒說：「這事的確令人覺得奇怪，這說明他們已經到了自暴自棄的地步。除了那些在法官面前或是在絞首臺下偷竊的人，我不知道拿什麼樣的人來比喻他們才恰當。據說所多瑪的人罪大惡極，他們在上帝面前犯罪——也就是說，在上帝眼中，他們是罪人——儘管祂曾經向他們施恩，所多瑪在尚未毀滅之前就像前的伊甸園一樣，都是水源滋潤的肥沃土地[11]。他們的罪使上帝更爲憤怒，就用猛烈的火毀滅所多瑪人。因此，我們可以非常合理地斷定，這些人——就是在上帝面前犯罪的人——儘管不斷受到警戒，卻仍我行我素，日後必會受到嚴厲的審判。」

盼望說：「毫無疑問你已經把事實說出來了。你和我（尤其是我）沒有淪落爲後人的前車之鑑，這眞是神的憐憫！我們應該感謝上帝、敬畏上帝，並且隨時記住羅得妻子的教訓。」

第15章 懷疑堡壘和絶望巨人

後來，我看見他們朝著一條清澈宜人的河流走去，從前大衛王稱它爲「上帝的河[1]」；可是耶穌的使徒約翰卻叫它「生命水的河[2]」。他們行經之路正好沿著河岸，因此基督徒和盼望十分高興地走著。兩人暢飲河中之水，那水令人心曠神怡，使他們的疲勞一掃而空。河岸有許多綠樹，結著各式各樣不同的果子，吃了樹上的葉子，可以預防在旅途因積食過多消化不良，以及中暑所引起的種種疾病。河兩岸都是終年翠綠的青草地，點綴著許多美麗的百合花。他們就躺在青草地上睡覺，因爲他們在這裡可以安歇[3]。醒來之後，他們摘了些樹上的果子，飲了些河裡的水，然後又躺下安歇，就這樣過了幾個晝夜。後來，他們頌讚：

看哪！這清澈的河水潺潺流淌，
它安慰了許多天路客。
綠油油的青草地散發芬芳，
又有美味的果子使人飽足。
若有誰知道這些樹能結奇妙的葉子與果子，
就算變賣一切也要高價購買這片地。

他們飽餐暢飲之後，就離開了那地方繼續趕路，朝向目的地邁進。

我在夢中看見他們走了不遠，那條路就漸漸遠離河邊了，他們感到遺憾，可是又不敢離開那條路。這條路變得難行，他們的腳又因爲徒步走了好些日子變得軟弱無力，因此心中煩躁[4]。他們一面走，一面希望前面的路會好走些。走了不遠，在路的左邊有一塊草地，穿過一個柵門就可以到達，這草地被稱爲小徑草地。接著基督徒對他的同伴說：「要是草地是沿著這條路，我們不妨走過去吧！」於是他走到柵門旁邊探望，見籬笆那一邊果然有一條小路沿著大路伸展過去。「完全跟我所希望的一樣，」基督徒說，「這裡比較好走。來，盼望，讓我們走過去吧！」

盼望說：「可是，如果這小路引我們離開了正路，該怎麼辦呢？」

基督徒說：「不大可能。你看，它不是跟大路同一個方向嗎？」於是盼望被基督徒說服了，跟著他走進那柵門。他們走進去，踏上那小路以後，發現那條路果然比較好走，腳舒服多了。這時候他們往前看，發現有個人也跟他們一樣走在小路上，那人名叫自負。於是他們在後面喊他，問他小路通往哪裡。自負說通到天門。「瞧，」基督徒說，「我不是告訴過你嗎？現在我們知道自己並沒有走錯。」於是他們就跟在自負後面走。可是，不久天就黑了，後來變得一片漆黑，基督徒和盼望已看不見前面那個人。

那個名叫自負的傢伙，由於看不見路，掉入深坑之中，粉身碎骨，這深坑是這地帶的掌權者故意安排來捕捉自以爲是的呆子[5]。基督徒和他的同伴聽見他掉入的聲音，便大聲喊叫，想知道發生了什麼事。可是沒有任何回應，他們只聽見呻吟聲。盼望說：「我們現在在什麼地方？」基督徒無言以對，懷疑自己引他走錯了路。這時突然雷雨交加，非常可怕，積水也正急速上漲。

盼望抱怨自己，說：「要是我沒有離開正路就好了！」

基督徒說：「誰會想到這小路會帶我們到另一個方向去呢？」

盼望說：「打從一開始我就擔心會這樣，因此我溫和地提出警告。要不是因爲你年紀較長，我也許會更直截了當地對你說。」

基督徒說：「好兄弟，別生氣。我引你脫離正路，並且使你處在這樣緊急的險境，我深感抱歉。好兄弟，請原諒我，我實在不是故意的。」

盼望說：「我的兄弟，別放在心上，我會原諒你的。而且我相信這件事對我們將來大有益處。」

基督徒說：「我很高興有你這麼仁慈的兄弟。不過我們不能在此久立，我們還是想辦法走回去吧！」

盼望說：「好兄弟，讓我走在前面。」

基督徒說：「不可，請讓我先走，要是有任何危險，我就首當其衝。因爲我倆這次走錯了路，實在是我的錯。」

盼望說：「千萬不可，你不能走前面，因爲你心中煩悶，可能又帶錯了路。」然後，他們聽見一個聲音鼓勵他們：「你要留心向大路，就是你所去的原路；你當回轉[6]。」可是這時候水已經漲得很高，因此在往回走的路上險象環生。（於是我想起，由正路轉往錯路很容易，而走錯了路以後要想再回到正路上就難多了。）然而他們還是冒險走回去。可是天那麼黑，水又漲得高，他們在回去的路上有好幾次差點就溺斃。

儘管用盡各種辦法，他們當夜還是回不到柵門那裡，最後只好在一小塊有遮蔽的地上生火，坐著等候天亮。可是由於疲倦，他們迷迷糊糊地睡著了。

離他們躺臥的地方不遠，有一座懷疑堡壘，堡主名叫絕望巨人。他們睡的地方正是他的領地。絕望巨人一早起身，在自己的地界裡巡視，發現基督徒和盼望睡在他的領地。於是他用冷酷粗暴的聲音喚醒他們，質問他們從哪裡來，在他的領地上做什麼。他們告訴巨人，他們是天路客，不小心走錯了路。巨人說：「你們擅闖我的領地，還躺在這裡睡覺，你們現在得跟我走。」絕望巨人遠比他們強壯，他們不得不跟他走。他們沈默不語，因爲自己做錯了事。巨人將他們帶到堡壘，關在一間漆黑的地牢裡。牢裡十分污穢，還發出惡臭。他們從禮拜三早晨待到禮拜六晚上，既沒有吃過一口麵包，也沒喝過一滴水，暗無燈光，又沒人來慰問他們。倆人陷入非常慘的境地，朋友與熟人又不在身旁[7]。基督徒更是悲痛，由於他有欠思慮的建議，他們才陷入這樣的困境。

絕望巨人有個妻子，名叫猜疑。當他上床睡覺的時候，他告訴妻子，他逮捕到兩個擅闖領地的犯人，把他們關在地牢裡。接著他還問她，應該如何處置他們。妻子就問，他們是怎麼樣的人，從何處來，要往何處去。絕望巨人一一加以回答。她建議絕望巨人，第二天一早就把他們狠狠地毒打一頓。因此隔天巨人起身後就拿了一根沉重的木棍到地牢。一進到地牢，儘管他們沒說一句冒犯的話，他卻把他們當作狗一樣辱罵，然後開始狠狠地毆打他們，打得他們遍體鱗傷，躺在地上動彈不得。痛打一頓後，他離開地牢，留下兩人哀歎自己的悲慘。

他們那一整天就只是連連歎息、哀哭不止而已。第二天猜疑又跟丈夫談起他們，知道他們還活著，就要丈夫去逼他們自殺。所以第二天早晨，絕望巨人像前一天那樣粗暴地來到地牢，看見他們前一天遭到毒打後傷痕累累，十分疼痛，就對二人說，既然他們永遠都不可能逃出地牢，何不乾脆一死了之，用刀子，或用繩子，或用毒藥都可以。「因爲，」他說，「既然活著那麼痛

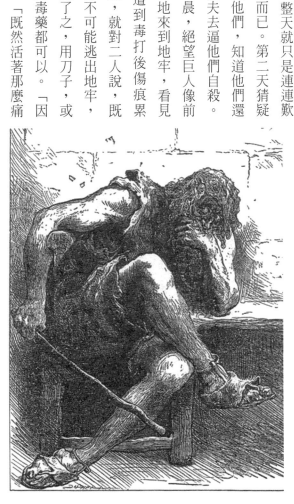

苦，爲什麼要選擇活著？」他們要求巨人放他們走，不料巨人聽了這話，兇狠地瞪著他們，向他們撲過去。要不是他老毛病發作（有時會在晴天發作），雙手一時動彈不得，早就置他們於死地。巨人退了出去，像以前一樣讓這兩人考慮自己該怎麼辦。接著兩人商量，究竟要不要聽從他的勸告。

基督徒說：「老弟，我們怎麼辦？我們現在的日子可眞苦。照我個人看來，我不知道是這樣活下去好呢？還是立刻死去好呢？我寧可窒息而死[8]。埋葬在墳墓裡比待在這個地牢裡要好些！我們還要受這巨人的轄制嗎？」

盼望說：「我們目前的處境的確很可怕，照我看來，與其一直像這樣活下去，還不如死了的好。可是我們得想一想，天國的主人曾說『不可殺人』，我們既不能殺其他人，主也禁止我們自殺。況且，殺人的人只毀滅人的身體，而自殺的人卻同時殺死了自己的身體和靈魂。並且，我的兄弟，你談到墳墓裡的安逸，難道你忘了殺人的要下地獄嗎？『凡殺人的，沒有永生存在他裡面。』更何況，絕望巨人並非無所不能。據我所知，也有人曾像我們這樣落到他手裡，最後還是能逃離他的魔掌。誰敢說創造世界的上帝不會讓絕望巨人暴斃，或者讓他有一天忘了把門鎖好，或者不久後在我們面前再發一次病、四肢癱瘓？要是這種事情再度發生的話，我一定要鼓起勇氣，盡全力逃出他的手掌心。我上次沒有這樣做，眞是太傻了。哎！我的兄弟，無論如何我們要繼續忍耐，一定會有機會逃出去的。我們千萬不能作殺害自己的兇手啊！」盼望的這番話使基督徒的心平靜了一些，因此他們繼續在黑暗中忍耐，在慘淡而憂傷的境況中又挨過了一天。

黃昏時，絕望巨人再次來到地牢中，想看看他們是否聽了他的勸告。他走進牢中時，發現他倆仍然活著。他們雖然還沒死，但因爲沒吃沒喝，再加上挨打時所受的創傷，幾乎奄奄一息了。絕望巨人發現他們還活著，不禁大發雷霆，對他們說，既然他們不聽從他的勸告，他要讓他們生不如死。

他倆聽了，就渾身發抖，基督徒更嚇得昏了過去。等他略微甦醒過來的時候，他們又談論起巨人的勸告，是否照巨人的意思做較好。這時基督徒又興起自殺的念頭，盼望再次鼓勵基督徒。

盼望說：「我的好兄弟，你不記得自己到目前爲止是多麼勇敢嗎？亞玻倫打不垮你，你在死蔭幽谷裡眼見、耳聞、感受到的一切都打不倒你。那麼艱苦、恐怖和驚奇的經歷，你都度過了，怎麼現在卻懼怕起來了呢？你看我也跟你一起被關在地牢裡，而且我比你更軟弱。巨人不只打傷了你，也打傷了我，也不給我吃喝，我跟你一樣在黑暗中傷悲。讓我們繼續忍耐下去，回想一下你在虛華市集所表現出的男子氣慨，既不怕鐵鏈，不怕牢籠，也不怕慘死。因此我們還是儘量忍耐吧！至少不要玷污身爲基督徒應有的名聲。」

白天過去，黑夜再度來臨。巨人和他的妻子躺在床上，她向他打聽囚犯的情形，想知道他們有沒有接受他的勸告。他回答說，他們是頑強的惡棍，情願忍受一切艱苦也不肯自殺。於是她說：「明天把他們帶到堡壘的院子裡，讓他們看看被你殺死之人的骸骨。你要設法讓他們相信，不出一個禮拜，你要將他們碎屍萬段，就像在他們以前來的天路客下場一樣。」

第二天清晨，巨人又到地牢去，把他們捉到院子裡，照妻子的吩咐讓他們看了那些骸骨。「這些人，」巨人說，「跟你們一樣，都是天路客，也跟你們一樣侵犯了我的領地。我選了適當的時機，把他們碎屍萬段了。在十天之內，我也要這樣對付你們。現在，滾回你們的地牢裡去！」說著便把他們一路打回去。因此，在禮拜六那天，他們和以前一樣，可憐地躺了一整個白天。夜裡，猜疑夫人和巨人在臥房又開始談論該怎麼處置囚犯。巨人感到納悶，他的毒打和勸告竟然都沒有效果。他的妻子就說：「我擔憂他們還盼望有人來拯救他們，要不然就是他們身邊有撬鎖工具，想要找機會逃跑。」巨人說，「親愛的，是這樣子的嗎？明天一早我就去搜查。」

到了午夜時分，基督徒與盼望開始禱告，一直禱告到黎明時分。

破曉之前，基督徒驚訝且激動地說：「我眞傻啊！明明早就可以獲得自由，我卻還陷在這充滿惡臭的地牢裡。我懷裡有把名爲『應許』的鑰匙，我相信它能打開懷疑堡壘裡每一個鎖。」盼望說：「這眞是好消息，好兄弟，快把鑰匙從懷裡拿出來試一試！」

於是，基督徒掏出鑰匙，試著打開牢門的鎖，他一轉動鑰匙，門栓就向後移動，輕而易舉就打開了門，基督徒和盼望兩人都走了出來。然後他走向通往院子的門，再用鑰匙打開它。緊接著，他來到通往外頭的大鐵門，這扇門非打開不可，可是那個鎖非常不易打開，但至終也打開了。於是他們用力推開門，飛奔著逃走。可是推開鐵門之際，發出咯吱咯吱的聲響，把絕望巨人吵醒了，巨人急忙起身要去追趕囚犯，但突然覺得四肢動彈不得，他的老毛病又發作了，無法追趕他們。兩人奮力向前奔跑，總算回到萬王之王的大道上，他們終於安全了，因爲他們已脫離巨人的管轄範圍。

他們穿過柵門後，開始思索應該在柵門做些事，以防止後來的天路客也落入絕望巨人的手中。他們決定在那裡立一根柱子，刻著以下的警語：「越過這柵門是通往絕望巨人擁有之懷疑堡壘的路，此人藐視天國之王，企圖殺害王的天路客。」許多天路客經過這裡，看了柱子上的警語，就避開了危險。兩人立了柱子之後，高興地唱著：

我們曾偏離正路，
禁地是何等危險！
願後繼者多留意，
以免受吾人之苦：
私闖禁地被俘虜。
懷疑堡壘陰森森，
堡主之名是絕望。

第16章 愉悅山

他們繼續向前走，一直來到了愉悅山，這裡的山主就是之前曾提及艱難山的主人。他們就放心上山去參觀花園、果園、葡萄園和噴泉。他們在那裡喝水，又洗滌一番，盡情地吃著葡萄。在山頂上有牧人正在餵養羊群，牧羊人在大路的兩旁站著。因此天路客便走上去，撐著手杖（疲勞的天路客在旅途中停下與人交談時通常是這個姿勢），問道：「這愉悅山是誰的？這些羊又是誰的？」

牧人說：「這山是以馬內利的土地，從這裡可以遙望天城。這些羊也是他的，他曾為牠們捨了自己的性命[1]。」

基督徒問：「這是往天城的路嗎？」

牧人說：「你們正走在通往天城的路上。」

基督徒問：「這裡到天城還有多遠？」

牧人說：「走不到天城的人當然覺得遠，但專心走天路的人並不覺得遠。」

基督徒問：「這條路安不安全？」

牧人說：「對於那些蒙保守的義人，它是安全的；可是『罪人卻在其上跌倒[2]』。」

基督徒問：「路上有沒有可提供疲倦的天路客休息的地方？」

牧人說：「山主人吩咐我們『不可忘記用愛心接待客旅[3]』，因此你們可以隨意享用這裡的一切。」

我在夢中還看到，當牧人聽說他們是徒步旅行的天路客時，也向他們提出一些問題（他們就像之前在別的地方一樣，一一回答），像是：「你們從哪裡來？你們怎樣走上這條路的？你們如何不屈不撓地走到這裡？因爲很少人能夠走到這山上的。」牧人聽到他們的答覆後很滿意，親切地對他們說：「歡迎到愉悅山來。」

幾位牧人的名字分別是知識、經驗、警醒和誠懇，牧人們牽著基督徒和盼望的手，領他們到帳篷裡去享用已經準備好的佳餚。牧人們說：「我們希望你們能多住些日子，可以互相熟悉，同時多享受愉悅山的益處。」兩人表示，很願意住上幾天。因爲夜已深了，各人便各自去歇息了。

我在夢中看見，第二天清晨，牧人們邀請基督徒和盼望與他們一起遊山。他們就跟牧人們同行，欣賞四周十分優美的景色。牧人們彼此商量著：「我們要不要讓兩位天路客看些奇景呢？」後來他們決定就這麼做。牧人們先把他們領到一座叫做「錯誤」的小山頂上，這山的懸崖非常陡峭，牧人們叫他們往底下看，他們發現有好幾具從山上摔下去的人的屍骨殘骸。基督徒就問：「這是什麼意思？」牧人說：「難道你們沒有聽說過，那些聽信許米乃和腓理徒[4]所說不相信身體復活的事而失去信仰的人嗎？」他們說：「聽說過。」接著牧人說：「你們看見那粉身碎骨、躺在山腳下的就是那些人。就像你們看到的，他們至今尚未被埋葬，就是要藉以警戒人們，不要爬得太高，或者太靠近這座山的邊緣。」

然後，我看見他們帶兩人到另外一座山頂。這山名叫警戒，牧人請他們往遠處望。他們一看，彷彿看見有幾個人在墳堆中走來走去。他們觀察到那些人都是瞎子，因爲他們有時候被墳墓絆倒，而且走不出那片墳地。基督徒就問：「這是什麼意思？」

牧人回答說：「你們沒有看到在離山腳不遠、靠大路的左邊有一個通往草地的柵門嗎？」他們說：「看到了！」牧人接著說，「在柵門那裡有一條小徑直通懷疑堡壘，此堡壘被絕望巨人所佔領，這些人（在墓地的人）和你們現在一樣，在沒有走到柵門以前，也走在天路上。由於正路的那一段並不好走，他們決定離開正路走到草地上，結果被絕望巨人逮捕，關在懷疑堡壘裡。他們被關在地牢一段時日，最後巨人把他們的眼睛挖出來，把他們丟在墓地，讓他們在那裡徘徊直到今日。這正應驗了智者的話：『從明智路上迷失的，死亡在等著他[5]。』」於是基督徒和盼望面面相覷，眼淚奪眶而出，但沒有對牧羊人多說什麼。

接著我在夢中看見，牧人領他們到山下另一處參觀，那裡的山腳有一扇門。牧人把門打開，叫他們往洞裡面看。他們看見洞一片漆黑，還冒著煙。他們彷彿聽見烈火燃燒的聲音，夾雜著受折磨的人所發出的哀號；他們還聞到硫磺味。然後基督徒就問：「這是什麼意思？」牧人們說：「這是通往地獄的旁道，假冒爲善的人都從這裡經過——比如像以掃一樣賣掉長子名分的人，像猶大一樣出賣主子的人，像銅匠亞歷山大一樣褻瀆福音的人，以及像亞拿尼亞和他的妻子撒非喇一樣說謊話掩飾的人。」

於是盼望對牧人說：「我看出他們每個人以前都像我們現在一樣走在天路上，是不是？」

牧人說：「不錯，並且也堅持了好一段時間。」

盼望說：「要是他們沒有這麼淒慘地迷失，他們會走到天路的哪一段？」

牧人說：「有幾位走得遠些，有的還走不到這愉悅山呢！」

基督徒和盼望告訴彼此：「我們需要向大能的主呼求力量啊！」

牧人說：「不錯，而且你們有了力量以後，將會有派上用場的時候！」

這時候兩位天路客要繼續趕路，牧人們也希望他們這樣做；所以他們一起走到山的盡頭。接著牧人彼此之間又說：「如果這兩位天路客會使用望遠鏡，我們就讓他們看看天城的門吧！」兩位天路客欣然接受了牧人的建議，隨他們登上一座叫「清晰」的山頂上，並用望遠鏡遙望天城。

他們雖盡力嘗試，可是因爲腦中還殘留著牧人給他們看洞中的恐怖畫面，雙手不停顫抖，所以無法穩定地從望遠鏡望出去，只隱約看見了一道城門，還有城裡面的一部分榮耀。然後他們邊走邊唱：

牧人把奧祕向我倆揭開，
對其他人依舊隱藏。

如果你想瞭解深奧、隱藏的事，

快到牧羊人那裡請教。

在他們準備出發的時候，其中一位牧人給了他們一張旅途的略圖，第二位牧人吩咐他們提防諂媚者，第三位牧人請他們注意不要在迷惑田打盹，最後一位則祝他們一路平安。就在這時，我從夢中醒來。

第17章 ✠ 無知

後來我睡著後，又作了一個夢，我看見這兩個天路客正沿著大道下山，朝天城走去。山腳下左側是自高地區，那裡有條彎彎曲曲的小徑通到天路客所走的大道。他們遇見來自該地區一個走路輕快、名叫無知的年輕人，基督徒問他從何方來，要去什麼地方。

無知說：「先生，我出生於左邊那個鄉村，要往天城去。」

基督徒說：「可是你打算怎麼進天城的門？你在那裡或許會碰到困難。」

無知說：「其他義人怎麼進去，我就怎麼進去。」

基督徒說：「可是你到了那裡能出示什麼東西，可以使大門爲你而開？」

無知說：「我明白上帝的旨意，而且我一向規矩度日。虧欠別人之處我一定償還，我禱告、禁食、奉獻收入的十分之一、施捨金錢給窮人，並且爲了到天城而離開家鄉。」

基督徒說：「可是你沒從這條路起點的那個窄門進來，而是從那條彎曲的小徑溜進來。因此，不管你怎麼認定自己，在審判那一天，我擔心你進不了天城，你還會被當作盜賊。」

無知說：「兩位先生，你們與我素不相識，你們只管信奉你們家鄉的宗教，我也恪守我的宗教。我希望兩個管道都行得通。至於你們說的那個窄門，大家都知道它離我的家鄉十分遙遠。我家鄉的父老對於前往窄門的路並不熟，他們也不在乎知道與否，因爲就像你們親眼所見，從我們的家鄉有一條優美舒適的綠蔭小徑，可以直通這條大路。」

基督徒看到那個人如此驕傲自滿，便悄悄地對盼望說：「愚昧人比他更有指望[1]。」接著又說：「《聖經》說得好，『愚蠢人的無知連過路人也看得出來，他讓大家知道他的愚蠢[2]。』我們應該繼續跟他談呢？還是現在就越過他到前頭去，讓他去思索我們剛才對他所說的話，之後我們再停下來等他，看能不能循序漸進地給他一些幫助？」盼望聽了就說：

讓無知慢慢思索，
免得忽略好忠告。
至高益處當知曉，

上帝不救愚昧人。
（雖然愚昧人也是祂造的）

盼望進一步補充：「我認爲一下子對他說太多是沒有用的。我們還是走到他前面，你若有心，等他能夠接受的時候，再和他談也不遲。」

於是他們往前走，無知走在後頭。他們趕過他不遠，進入一條黑暗的巷子，在那裡他們碰到一個人，他被七個惡鬼[3]用七根堅固的繩索捆綁，正被押往他們剛才看到之山腳下的那扇門。基督徒嚇得顫抖，盼望也很害怕。正當惡鬼把那人帶走時，基督徒想看一看是否認識那個人，他猜想或許是背道鎮的變節；但基督徒看不清楚那個人的臉孔，因爲那人像是被人發現的小偷一樣低著頭。當那人走過他身邊以後，盼望見他背上貼著一張紙，上面寫著：「不貞的信徒，可咒可詛的背教者。」

於是基督徒對盼望說：「我忽然想起，我曾聽過一個好人在這附近的遭遇。雖然這位先生名叫小信，但其實是一個好人，住在誠懇市。事情是這樣的：在這條通道的入口處，有一條巷子通到寬路門，名叫死人巷，因爲在那裡常發生凶殺事件。這位小信就像我們現在這樣行走天路，偶然間在那裡坐下，並且睡著了。那時候碰巧從寬路門來了三個強壯的惡棍——怯懦、疑惑和罪咎三兄弟。他們望見小信在那裡，就向他飛奔而去。這時小信正好醒來，正起身準備繼續趕路。三個強盜一擁而上，大聲威脅叫他站住，這時小信嚇得面無血色，既無力格鬥，又無法逃跑。怯懦叫小信交出錢包，可是他不願意立刻就範（因爲他很不情願損失金錢）。這時疑惑走上前去，手伸到他口袋裡，掏出一袋銀子。這時小信大喊：『有賊，有賊！』這一來，罪咎舉起手裡的棍棒朝小信的腦袋擊打，小信倒在地上，血流如注，看來就快要喪命了。三個賊始終站在一旁，但是突然聽到路上有人走近，生怕是住在堅信城的大恩來了，因此拔腿就跑，留下小信自生自滅。過了不久，小信甦醒過來，掙扎著站起來，跌跌撞撞地繼續趕路。整個故事就是這樣。」

盼望說：「他們是不是把小信的東西全部拿走了？」

基督徒說：「沒有，小信身上藏有珍寶，還好他們沒有搜著。但我聽說，小信因這些損失飽受折磨，三個賊把他大部分的現金都拿走了，只剩下珍寶和一些零錢沒被搶走，不足以讓他走到旅途終點。如果我所得到的消息正確無誤，因爲他不敢變賣他的珍寶，後來被迫沿路行乞。儘管他盡力行乞，並且想盡種種方法謀生，大多數時候他還是餓著肚子[4]。」

盼望說：「不過，他們沒有搶走他入天門的憑證，這豈不是奇事？」

基督徒說：「的確不可思議。可是強盜沒拿到它，並不是由於小信夠機靈，他們才沒找到。他們搶劫小信時，他已經驚慌失措，既沒力量，也沒本事掩藏任何東西。因此那是出於上帝的旨意，而不是靠他自己的力量[5]。」

盼望說：「他們沒拿走他的珍寶，對他說來一定是莫大的安慰。」

基督徒說：「如果他懂得使用這些珍寶，對他當然是極大的安慰；但根據告訴我這個故事的人指出，小信在後來的旅途中幾乎沒用到這些珍寶，可能是因爲他被搶劫之後憂心過度的緣故。事實上，大部分的時間，他根本忘了自己還有珍寶。並且，每當他想起珍寶、開始感到安慰的時候，金錢損失的痛苦又浮現，滿腦子一直想著所失去的一切。」

盼望說：「啊，可憐的人！他一定非常悲傷。」

基督徒說：「悲傷？是啊！他確實相當悲傷。如果我們也經歷類似的遭遇，被強盜搶劫，還受了傷，又是在一個陌生的地方，難道不會悲傷？那個可憐人沒有傷心而死，也是一件奇事啦！我聽說後來他一路上充滿憂鬱，並一路訴苦，他向走在他前面的人抱怨，也向從後面趕上來的人訴苦，描述他在什麼地方被搶、如何被搶、誰搶了他、損失了什麼東西，他如何受傷、又如何死裡逃生。」

盼望說：「他竟然沒有因爲生活之所需，把某些珍寶賣了或者典當，緩和在旅途中的貧困，這眞是不可思議！」

基督徒說：「你講話倒像是頭還頂著蛋殼的小鳥一樣不懂事。他的珍寶可以典當多少錢呢？他可以賣給誰呢？在他被搶的地區，他的珍寶根本不值錢；他也不想藉此解決貧困。況且，如果到了天城的門口拿不出珍寶，他就不能繼承那裡的產業（他心裡有數）。那會比遇到一萬個賊更慘呢！」

盼望說：「老哥，你爲什麼這麼尖銳？以掃爲了一碗紅豆湯便把長子的名分給賣了[6]，而長子的名分應該是他的至寶。如果以掃可以做，爲什麼小信就不可以？」

基督徒說：「以掃的確賣了他長子的名分，許多人也這樣做，因而失去最大的祝福，命運就像以掃一樣。不過以掃跟小信的情況並不相同，他們的資產也不同。以掃的長子名分是象徵性的，小信的珍寶是具體的。以掃以肚腹爲重，小信卻不然。以掃想滿足他的口腹之欲，小信卻不然。並且以掃的眼光只能看到他肉體的滿足，他說：『我將要死，這長子的名分於我有什麼益處呢[7]？』可是小信，儘管他的信心不大，卻能靠著那一點信心讓自己免於浪費的行爲，並且還能重視他的珍寶，不致像以掃那樣隨意把長子的名分揮霍掉。你不論從哪一方面都看不出以掃有信心，沒錯，連一點最起碼的信心也沒有。因此當他整個人受到肉欲的支配時（一個沒有信仰抵禦的人就會這樣），就算他把長子名分、靈魂和一切都賣給魔鬼，也不令人訝異。這種人跟野驢一樣，發情的時候無法控制[8]。當人們的心思完全放在自己的欲望上時，他們會不惜用任何代價來滿足。但小信又是另一種性情。他追求神聖的事，他的生活是以心靈與天國的事爲念。因此，這種性情的人若把他的珍寶賣掉（假使有人願意收購的話）去換取空虛之物，根本不符合他的目的！一個人會花錢買乾草充飢嗎？或者你能勸斑鳩像烏鴉那樣以腐爛的肉爲食嗎？儘管沒有信心的人會爲了肉體的渴望典當、抵押或者賣掉他們所有的，甚至把自己也賣了，但那有信心（得救的信心）的人，雖然信心並不大，也不會這麼做。因此，好兄弟啊！這就是你沒弄清楚的地方。」

盼望說：「我承認。可是你嚴厲的指責幾乎讓我發怒。」

基督徒說：「怎麼，我不過拿你跟一些活潑的初生鳥兒相比，牠們頭上還頂著蛋殼就在路上跑來跑去。不過，別想太多，還是回到剛才討論的問題吧！你我之間不會有什麼過不去的。」

盼望說：「我從心底認定那三個強盜不過是懦夫罷了，不然，你想他們會一聽見路上有人的聲音馬上拔腿就逃嗎？小信爲什麼不能鼓起一些勇氣？或許可以應付他們一陣，等到招架不住的時候再放棄。」

基督徒說：「許多人都說那三個傢伙只是懦夫，但換作自己是苦主的時候，就不會那麼認爲。說到勇氣，小信的確沒有。我看得出來，我的兄弟，換作是你，你也只能稍微抵抗一下，然後就放棄了。壞人現在距離我們很遠，你當然很有勇氣，要是他們現在突然出現在你面前，你的想法就會不一樣了。不過，仔細想想，他們其實也不過是被雇用的賊，在地獄的王手下服務，必要的時候，地獄的王本人會親自出手，他的聲音就像獅吼一般[9]。我自己也有過像小信同樣的遭遇，那眞的很可怕！當時那三個壞蛋攻擊我，我像個信徒那樣開始抵抗，但壞蛋們一聲呼叫，他們的主子馬上就到了。就像俗語所說的，我差點『輕易送上小命』，幸好上帝早有安排，我身上披有上帝所賜的盔甲。是的，即使我這樣全身武裝，我發現自己要表現得像個男子漢大丈夫還眞不容易。除非自己經歷過這種爭戰，否則無法知道這種爭戰有多麼驚險。」

盼望說：「可是你看，只不過以爲大恩先生出現，他們便拔腿逃跑了。」

基督徒說：「沒錯，只要大恩一出現，盜賊和他們的主人立刻逃之夭夭。這並不奇怪，因為大恩是萬王之王的戰士。不過我想你知道萬王之王的戰士能力非常之大，不是小信所能相比的。並不是王的每一個臣民都是戰士，遇到考驗的時候，他們不見得都能像大恩那樣立下戰功。一個小孩哪裡能像大衛那樣對付歌利亞？一隻鷦鷯怎可能有一隻公牛的力氣？有些人剛強，有些人卻是軟弱；有些人信心大，有些人信心小。小信是個軟弱之人，因此就在爭戰中敗北。」

盼望說：「眞希望換大恩來對付那三個壞蛋。」

基督徒說：「即使是大恩，他也可能應接不暇。我得告訴你，大恩精通兵器，只要他距他們於一劍之外，對付這三人應該是綽綽有餘，但只要他們逼近，不管是怯懦、疑惑或者罪咎，雙方就會陷入苦戰，他們會設法絆倒他。你想想，當一個人倒在地上的時候，哪裡會有什麼戰力呢？

「仔細瞧大恩的臉，可以發現那些傷痕和刀疤，足以證明我所說的。然而，聽說他曾經歎息（那是在爭戰的時候）：『連活命的指望都絕了。』這些強壯的強盜和他們的同黨曾經使大衛呻吟、哀歎並且怒吼[10]！不僅如此，雖然希幔和希西家當年都是英勇的戰士，受到攻擊時，也必須全力抗敵。儘管如此，他們身上還是會掛彩。彼得曾經想要試試自己的能耐，雖然人家說他是眾使徒之首，結果呢？他連見到一個可憐的婢女也會害怕。

「況且，強盜的王一呼即到；他總是注意聆聽，當手下招架不住了，他總會隨時出手相救。大家都這樣形容他：『刀劍不能傷害他；鎗矛、箭矢也不能擊傷他。他把鐵當作乾草，把銅當作爛木。弓箭不能趕走他；他看彈石如碎秸。在他眼中，棍棒無異禾秸；他嗤笑飛來的標槍[11]。』一個人遇到這種情形還能有什麼辦法呢？沒錯，除非一個人隨時都有約伯的馬，並且有能力和勇氣騎牠，他才可能會有不凡的功績。這種馬頸子披著飄動的鬃毛，昂首跳躍像蝗蟲，長嘶令人恐懼。牠在山谷中使勁踢踏，爲自己的力量感到自豪，威武地迎戰佩帶兵器的人。這種馬不知道什麼是害怕；刀劍也不能使牠退卻。箭袋、閃爍的矛與槍，都在牠身上錚錚有聲。牠震抖激動，馳騁大地，一聽見號角聲，就不能站定。角聲一響，牠就說『啊哈』，牠能從遠處嗅到戰爭的氣息，也能聽到軍官的號令[12]。

「不過像你我這種平凡的僕人，還是不要希望碰到任何敵人吧！當我們聽到別人挫敗的時候，不要吹噓自己會比他們強。也不要以爲自己多麼勇敢剛毅。當我們受到考驗的時候，這樣往往會一敗塗地。例如我之前提到的彼得，他曾說大話，他的虛榮心使他誇自己比所有的人都更忠心向主。可是又有誰像他後來被壞人擊敗得那麼徹底？

「因此，當我們聽見在天路上發生諸如此類的搶劫時，有兩點是我們必須立刻做到的：

「首先，我們要披上盔甲，還有不要忘了拿著盾牌。就是因爲缺少這個，所以那個全力攻擊大戾龍的人不能使那海獸屈服。要是少了盾牌，敵人根本就不怕我們，因此某位本領高強的人曾說：『此外，又拿著信德當作盾牌，可以滅盡那惡者一切的火箭[13]。』

「第二，我們應該要求萬王之王護衛我們，不僅如此，要懇求祂親自跟我們同行。大衛有主同行，即使行過死蔭幽谷，也滿心喜樂。摩西寧願死在所站的地方，若沒有上帝同行的話，摩西一步都不願意走[14]。我的兄弟啊！只要有主同行，我們即使遭到千萬敵軍的圍攻，也不用害怕[15]。但是，若沒有祂的同在，驕傲的人要不是死在戰場上，就是被俘虜[16]。

「至於我，從過去至今一直在爭戰之中，雖然因著上帝的恩慈，我現在還活著，可是我不能誇耀自己的勇氣。如果我不再遇到這種事，我會深感慶幸，但恐怕我們還沒有脫離危險呢！不過，既然獅子和熊都還沒有把我吞吃掉，我希望上帝也會把我們從下一個未受割禮的非利士人（巨人歌利亞）手中救出來。」然後基督徒便唱道：

可憐的小信！曾困在眾盜賊之中，
被他們搶劫財物。
人若有信心，並且信心弘大，
就會戰勝一萬人。
否則即使只面對兩三個敵人，
也免不了敗北的滋味。

基督徒和盼望繼續天路之旅，無知在後面跟著。他們後來走到一處，看見這條路岔作兩條，岔路跟他們應走的天路一樣筆直，他們不知如何選擇，因此就停下來考慮一下。就在這時，來了一個穿著白色袍子、皮膚烏黑的人，那人問他們為什麼站著。他們回答說，他們要到天城去，但不知該走哪一條路。「跟我走吧！」那個人說，「我也是要去天城。」於是他們跟著他走上那條岔路，這條路拐彎抹角，到後來拐得離天城愈來愈遠了，沒一會兒工夫，已與他們想去的地方背道而馳了。但是他們仍舊隨著那人前進。不知不覺地漸漸被他帶進一個網羅，陷在裡面不知如何是好。就在他們掙扎的時候，那人的白袍從背上落了下來。這時他們才看清楚自己在哪裡。他們在網羅裡哭了好一會兒，因爲他們無法脫身。

於是基督徒對他的同伴說：「現在我知道錯了。牧人們不是叫我們當心諂媚者嗎？智者所說的一點也沒錯，『諂媚鄰舍的，就是設網羅絆他的腳[17]。』」

盼望說：「爲了使我們走在正路，他們還給了我們一張草圖，可是我們忘了去看那張紙，所以沒有避開『強暴人的道路』。在這方面，大衛比我們聰明得多，他說：『論到人的行爲，我順從祢的命令，不行強暴人的道路[18]。』」

他們躺在網羅裡悲歎。後來，他們看見一個全身發光的人向他們走來，手裡拿著一根細索鞭。他走到他們面前，問他們從哪裡來，在這裡做什麼。他們告訴他，他們是前往錫安的可憐天路客，被一個穿白袍的黑人引誘，離開了他們原來所走的路。那人叫他們跟隨他走，說他自己也要到天城去。於是執鞭人說：「那人是諂媚者，一個假扮光明天使的假使徒[19]。」於是他扯破網羅，救他們出來，又對他倆說：「跟隨我，我領你們回到原路去。」於是他領他們回到正路上。到了那裡，他問：「你們昨晚在哪裡過夜？」他們說在愉悅山牧人們那裡。他又問：「牧人們沒有給你們一張有注解的草圖嗎？」他們回答：「有。」他說：「那麼，你們在岔路口不知往哪條路走的時候，沒有把那張紙拿出來研究嗎？」他們說：「沒有。」他又問：「爲什麼不看？」他們回答：「忘記了。」他又問：「難道牧人沒有囑咐你們要留意諂媚者嗎？」他們說：「有。可是我們沒想到這個應答得體的人竟是諂媚者[20]。」

然後我在夢中看見執鞭人叫他們伏在地上，他們聽話照做。執鞭人重重地責打他們，教導他們所當行的正道[21]。他一面責打他們，一面說：「凡我所疼愛的，我就責備管教他；所以你要發熱心，也要悔改[22]。」然後，他吩咐他們再上路，囑咐他們要注意牧人們紙條裡的其他指示。他們向他致謝後，慢慢地沿著正路走，一面唱著：

凡在天路上行走的人們請到這裡，
來看看誤入歧途之天路客的遭遇：
他們深陷網羅，
因為他們輕易忘了忠告。
雖然最後得到拯救，
他們還是受了責打。
讓這件事成為你們的警戒。

過了片刻，他們看到遠處有一個人獨自緩緩地向他們迎面走來。基督徒對他的同伴說：

「在那邊有個人背著錫安向我們走來。」

盼望說：「我看見他了。我們小心一點吧！免得又遇上諂媚者。」那個人愈走愈近，終於與他們碰頭。他名叫無神論者，問他們要到哪裡去。

基督徒說：「我們要到錫安山去。」

無神論者忍不住笑了起來。

基督徒說：「你這樣笑是何用意？」

無神論者說：「我笑你們倆愚蠢至極，走這麼乏味無聊的旅程，除了旅途的辛苦以外，什麼也得不到。」

基督徒說：「老兄，爲什麼你認爲我們不會被接納進入天城？」

無神論者說：「天城？這世界根本就沒有你們所夢想的那個地方。」

基督徒說：「但在來世卻有。」

無神論者說：「我在家鄉時，也聽過你這麼有把握的那個地方，於是我就出去尋找天城。但我找了二十年，還是跟出發那時一樣，一點線索也沒有[23]。」

基督徒說：「我們兩個人都曾聽說，確信有這麼一個地方，也相信可以找到。」

無神論者說：「要不是從前在家鄉時我也這麼相信，不然，我也不會跑這麼遠來尋找。但既然尋不著（如果眞有這樣的地方，我一定會找到，因爲我比你們走得遠多了），我現在要回家去。當初爲了要得到我所盼望的東西，我曾捨棄一切，現在我要重新去追求那些東西來重振自己。因爲一切天城的盼望，根本就不存在。」

基督徒聽了這話問他的同伴盼望說：「這個人所說的話是眞的嗎？」

盼望說：「當心，他也是個諂媚者。要記住我們曾經聽信這種人的話而付出慘痛代價。什麼嘛！他說沒有錫安山？我們不是從愉悅山上親眼目睹過天城的門嗎？此外，我們現在行事爲人應憑著信心，不是憑著眼見[24]。讓我們繼續往前走吧！免得那位執鞭的人又追上來責打我們。你早應該教我這個教訓——我現在悄悄講給你聽——『你若是停止聽受管教，就會偏離知識的言語[25]。』我的好兄弟，別聽他亂講，讓我們作個有信心以致靈魂得救的人。」

基督徒說：「我的兄弟，我問你那個問題，不是因爲懷疑我們所相信的眞理，而是爲了要試驗你，同時要從你那裡看到你的內心結出誠實的果子。至於這個人，我知道他是給這世界的神祇（也就是魔鬼）弄瞎了心眼。既然我們知道我們所信的是眞理，並且知道『一切虛謊都不是出自眞理的[26]。』你我還是勇往直前吧！」

盼望說：「我現在對於上帝的榮耀充滿盼望，又感到喜樂。」於是他們離開無神論者。而他卻譏笑他們，自顧自地走了。

第18章 迷惑田

我在夢中看見基督徒和盼望來到某個地區，那裡的空氣會使初次遊歷此地的人忍不住打起瞌睡。盼望開始覺得昏昏沉沉，只想閉上眼睛睡一覺。因此他對基督徒說：「我現在非常疲倦，眼睛幾乎都睜不開了，我們躺下來小睡片刻吧！」

基督徒說：「絕對不可以！我們若是睡著，就再也不會醒過來了。」

盼望說：「爲什麼？對勞碌的人來說，睡眠是甜蜜的報償，只要小睡一下，我們就可以恢復精神。」

基督徒說：「你忘了牧人的話嗎？他叫我們要留意迷惑田。他的意思就是不希望我們睡著。『所以，我們不要睡覺像別人一樣，總要警醒謹守[1]。』」

盼望說：「我承認我錯了。要是只有我一個人，我一定會因爲貪睡而陷入危險。智者的話是對的：『兩個人總比一個人好[2]。』這些日子以來，有你爲伴眞是我的福分。你會因你的勞苦而得到很好的獎賞。」

基督徒說：「那麼，爲了避免在這個地方打瞌睡，我們還是用心談論一些事吧！」

盼望說：「我完全同意。」

基督徒問：「我們從哪裡開始談起呢？」

盼望說：「從上帝揀選我們的那一刻談起。要是你願意的話，請你先分享。」

基督徒說：「我先唱一首歌給你聽。」

聖徒睡眼惺忪時，
來聽兩位天路客。
向這二人學智慧，
避免昏昏又欲睡。
聖徒們若能相交，
雖有地獄也不怕。

接著基督徒說：「讓我問你一個問題。你最初怎麼會決定做你現在所做的事？」

盼望說：「你的意思是，我當初怎麼會關心起自己的靈魂？」

基督徒說：「正是這意思。」

盼望說：「有很長一段時間，我很欣賞在虛華市集上陳列並出售的那些物品——我現在已經明白，要是至今我還貪戀著那些事物，我現在一定已經陷入毀滅的深淵了。」

基督徒問：「你說的是哪些事物呢？」

盼望說：「我說的是今世所有的珍寶和財富。同時我也喜歡放蕩、狂歡、飲酒、賭咒、說謊、荒淫、不守安息日等，這些事情毀壞我的靈魂。但由於聽見並思量那神聖之事（我聽說你以及在虛華市集因持守信心與良善行爲而被殺的忠信的一些事蹟），我終於發覺『那些事的結局就是死[3]』。並且爲了這些事，『上帝的震怒必定臨到那些悖逆的人身上[4]』。」

基督徒問：「你當時是否馬上就願意認罪悔改？」

盼望說：「不。起初我並不願意承認罪的邪惡，也不願意承認因犯罪而導致的懲罰。我的心靈雖被上帝的話語大大震動，我卻拼命閉住眼睛，抗拒它的亮光。」

基督徒說：「聖靈開始在你身上做工的時候，你爲什麼會有這種反應呢？」

盼望說：「原因是：一、我並不明白這就是上帝在我身上做工，我從來沒想到上帝會先用對罪的覺悟來改變我這個罪人。二、當時我的肉體還是以罪爲樂，我不願意捨棄它。三、我不知道怎麼跟熟悉的老朋友分別，我非常喜歡他們，以及他們所做的事。但罪的漫長時刻讓我深感煩惱與驚恐，我實在承受不了，甚至單單心裡想想也難以承受。」

基督徒說：「這麼看來，你有時似乎能夠擺脫掉那些煩惱是嗎？」

盼望說：「是的；可是它還是會回到我心中，在那種時刻我會感到和以前一樣糟糕，甚至比過去還要難受。」

基督徒說：「爲什麼呢？是什麼事情會使你又想起自己的罪惡？」

盼望說：「有許多事情呢！例如：

一、在街上遇見好人的時候，

二、別人讀《聖經》給我聽的時候，
三、當我開始頭痛的時候，
四、聽說某某鄰居生病，
五、當我聽見教堂裡為死者敲喪鐘的時候，
六、當我想到自己遲早會死去的時候，
七、聽到別人突然過世，
八、特別是想到自己很快就要面臨審判。」

基督徒問：「當你因為以上這些事情感覺到自己的罪惡時，你能不能輕易地擺脫那種罪惡感？」

盼望說：「不，我不能。因為當我試圖要擺脫罪惡感的時候，這些事就會更加譴責我的良心。並且只要我真的考慮繼續犯罪（雖然我的心並不想那樣做），便會引起加倍的痛苦。」

基督徒說：「那你怎麼辦呢？」

盼望說：「我認為我必須改過自新，不然的話，我一定會被罰入地獄。」

基督徒說：「你有沒有努力設法改過呢？」

盼望說：「有。我不但避開罪惡，還遠離損友，同時還遵守信仰的規定，如禱告、讀經、為罪惡痛哭、誠實待人等。這些我都做了，還做了許多別的事，我就不一一列舉了。」

基督徒說：「那麼你認為自己變好了嗎？」

盼望說：「是的，有一段時間我確實這麼認爲。可是我的煩惱還是又回來了，儘管我有這麼大的改善。」

基督徒問：「既然你已經改過自新了，爲什麼還會這樣呢？」

盼望說：「有幾個原因讓我再度有罪惡感，尤其是下面這些經文的啓示：『所有的義都像污穢的衣服[5]』；『凡有血氣的，沒有一人因行律法稱義[6]』；『這樣，你們做完了一切所吩咐的，只當說，我們是無用的僕人[7]』，以及其他這類的經文。我開始規勸自己：如果我所有的義都像污穢的衣服；如果沒有人能因行律法而稱義；如果我們努力做了一切該做的，也只是一個無用的僕人；那麼想靠行律法進入天堂簡直是愚不可及。我覺得這就像一個人欠某家店鋪一百兩銀子，而在欠下了這筆債以後，即使他每次到店裡買東西都付現，可是只要他的舊債沒有

清償，店主還是可以控告他，把他送進監牢。」

基督徒說：「那麼，你如何把這件事應用在自己身上呢？」

盼望說：「我是這樣想的：我所犯種種的罪，都記在上帝的冊子上，即使我現在全然改過，也不能把那筆舊債一筆勾銷。雖然我現在努力矯正了我的錯誤，我還是必須思考，我該怎樣才能擺脫過去所犯下的罪給自己帶來的審判與刑罰。」

基督徒說：「你說的非常好，請你繼續講下去。」

盼望說：「自從我經歷了最近一次的悔過以後，另外一件使我煩惱的事浮現了：我仔細察看現在所做的事，但仍看得見新的罪與那事情混在一起。因此我不得不下這樣的結論：儘管我的種種努力，認爲自己已經變好，但我仍然犯了夠多的罪，足以讓我下地獄。」

基督徒問：「那麼你該做些什麼呢？」

盼望說：「我沒有和忠信分享心事之前，眞不知道如何是好。我跟他十分熟識。忠信說，除非我能得到一個從來沒犯過罪的人的義，否則我自己的義加上全世界的義都不能拯救我。」

基督徒說：「你相信他所說的嗎？」

盼望說：「要是他在我對自己改過向上感到自滿時如此告訴我，我一定會認爲他腦袋有問題。但現在我已經看到自己的軟弱和混雜在我好行爲上的罪，不得不同意他的說法。」

基督徒問：「當他初次向你說這些話的時候，你認爲世上眞有這樣一個從未犯過罪的人嗎？」

盼望說：「我必須承認，我一開始也覺得他這話聽起來很奇怪。不過，跟他相處一段時間，並與他深入交談以後，我就完全信服了。」

基督徒問：「你有沒有問他那個義人是誰，以及如何才能靠那人稱義？」

盼望說：「問過了。忠信說是坐在至高者右邊的主耶穌[8]。他又說，我必須靠祂稱義，深信祂道成肉身時所做的一切，以及祂被釘在十字架上所受的痛苦[9]。我更進一步問他，那個人的義爲什麼這樣有功效，能夠使另一個人得以在上帝面前稱義。他說，耶穌就是大能的上帝，祂做了該做的事，甚至受死，然而並非爲了祂自己，而是爲了我，如果我相信祂，他所做的和所具有的價值，也都將歸到我的身上。」

基督徒問：「後來你怎麼做呢？」

盼望說：「我講了些反駁的話，因爲我認爲像這樣偉大的人不會願意救我。」

基督徒問：「那麼忠信對你怎麼說？」

盼望說：「他叫我去找那個人看看，我說那太冒昧了。他說不會，因爲我是應邀而去的[10]。說著他給了我一本記載耶穌話語的書，鼓勵我放膽去找祂。忠信還說：『書裡面一筆一劃都不能廢去，遠比天地更堅固[11]。』於是我問他，我到了耶穌那裡時，應該做什麼。他說我得跪下全心懇求天父把祂啓示給我[12]。接著我又問忠信，我應該怎樣向祂祈求。他說：『去吧，你會發現祂在施恩座上，祂終年坐在那裡，隨時準備著饒恕和赦免所有來到祂面前的人[13]。』

我告訴忠信，我眞的不知道到了那裡該說些什麼。他教我這樣說：『上帝啊！可憐我這個罪人，使我認識和相信耶穌基督，因爲我知道，要是沒有祂的義，或者我不相信祂的義，我就會完全毀滅。主啊！祢是有憐憫的上帝，並封立祢的兒子耶穌基督作救世主，且願意把祂賜給我這樣一個可憐的罪人（我的確是個罪人）。主啊！因此求祢用這個機會，藉著祢的兒子耶穌基督，格外施恩，拯救我的靈魂。阿們！』」

基督徒問：「你有沒有照忠信所說的去做？」

盼望說：「有的，一次又一次，不知嘗試多少次了。」

基督徒問：「天父有沒有把祂兒子啓示給你呢？」

盼望說：「第一次祈求時，什麼也沒有，第二次、第三次、第四次、第五次，甚至第六次也沒有。」

基督徒問：「那你怎麼辦？」

盼望說：「那時我眞不知道該怎麼辦了。」

基督徒問：「你是否想中止禱告了？」

盼望說：「有啊。想了不止一、兩百次。」

基督徒問：「那麼你爲什麼沒有停止禱告呢？」

盼望說：「我相信忠信告訴我的都是眞的，也就是說，除了基督的義，全世界的人都不能拯救我。因此我想，要是我停止禱告，便必死無疑；除非死在施恩座前，否則我不想死。

突然一段經文浮現我心中：『縱有遲延，仍當等候，因爲它一定會來到，絕不耽誤[14]。』因此我繼續禱告，直到天父把祂的兒子啓示給我。」

基督徒問：「祂怎樣向你啓示呢？」

盼望說：「我並不是透過肉眼看見的，而是藉著心中的眼睛[15]。事情是這樣的：有一天我非常悲傷——我想我這輩子從來沒有那麼悲傷過。我之所以那麼難過是由於我再次看到我的罪是何等深重，多麼卑鄙不堪。我認爲除了地獄和靈魂的永刑之外，毫無指望。忽然間我看見主耶穌從天上望著我，對我說：『當信主耶穌，你必得救[16]。』

「但是我回答說：『主啊，我是個罪大惡極的罪人。』祂說：『我的恩典夠你用的[17]！』於是我說：『不過，主啊！怎樣才算相信呢？』接著我從那段經文『到我這裡來的，必定不餓；信我的，永遠不渴[18]』明白了具有信心和來到祂面前是同一件事。來到祂面前，就是全心全情追尋基督的救恩，就是信基督。頓時我熱淚盈眶。我又問道：『可是，主啊！祢眞的肯接納和拯救像我這樣一個大罪人嗎？』我聽見祂說：『到我這裡來的，我總不丟棄他[19]。』我說：『不過，主啊，我到祢面前的時候，對祢應有什麼樣的看法，才算眞正的相信呢？』他說：『基督耶穌降世，爲要拯救罪人[20]；律法的總結就是基督，使凡信祂的都得著義[21]；祂爲我們的罪而死，又爲我們的稱義而復活[22]；祂愛我們，用祂的血洗淨我們的罪[23]；祂是上帝和我們之間的中保[24]；祂長遠活著，替我們祈求[25]。』我從這些話明白了，我必須在祂身上尋求公義，靠祂的血來洗淨我的罪；祂爲了遵行天父的律法，甘願代世人受罰，這一切不是爲了祂自己，而是爲了每一個心存感恩並前來接受祂救贖的人。那一刻我的心滿是喜樂，眼眶充滿淚水，內心洋溢著對耶穌基督的聖名、作風和對祂子民的熱愛。」

基督徒說：「這的確是上帝對你的啓示，讓你認識基督。不過請你仔細地告訴我這個啓示對你的心靈有什麼影響。」

盼望說：「這個啓示使我明白，全世界是處在被定罪的狀態，儘管它有自己所謂的義。這個啓示使我明白，我們的父神是公義的，能夠公義地審判和赦免來到祂跟前之罪人。這使我爲過去生命的邪惡感到大大的羞恥，也使我對自己的無知感到該死；因爲以前我從來沒有想過耶穌基督是這樣美好。這個啓示使我喜愛聖潔的生活，渴望爲了主耶穌的名能被榮耀而做些事；我還想，若我身體裡有一千公升的血，我願意爲主耶穌流完最後一滴血。」

這時，我在夢中看見盼望回頭一看，發現被撇下的無知跟在他們後頭走著。「你看，」他對基督徒說，「那個青年人落後很多了。」

基督徒說：「是啊！我看到了。他不喜歡與我們同行。」

盼望說：「不過我相信，如果他跟我們同行，對他也不會有什麼害處吧！」

基督徒說：「這當然！不過我敢說他自己可不這麼想。」

盼望說：「我也這麼認爲，不過我們還是走慢一點，等等他吧！」他們就停下來等。

接著基督徒對他說：「兄弟，你爲什麼落後這麼多？」

無知說：「我喜歡獨自一個人走甚於與人結伴，除非是和我喜歡的人同行。」

於是基督徒悄悄地對盼望說：「我不是說過，他不喜歡與我們同行嗎？不過，我們不妨在這偏僻的地方與他談談天，消磨點時間。」接著他對無知說：「嗨，你好嗎？你的靈魂與上帝的關係可好？」

無知說：「希望還不錯。因爲一路上心裡經常有好的思想，使我在行走時得著安慰。」

基督徒問：「什麼好思想？請你告訴我們。」

無知說：「喔！我想著上帝和天堂。」

基督徒說：「魔鬼和糟糕的人也會思想這些。」

無知說：「但是我不僅想著它們，還渴慕它們。」

基督徒說：「許多不大可能到天堂去的人也這樣渴慕。《聖經》說得好：『懶惰人羨慕，卻無所得[26]。』」

無知說：「但我不只是想想而已，更爲它們放棄一切。」

基督徒說：「這我就不大相信了，因爲放棄一切是一件困難的事，比許多人所認知的要困難得多。不過，你是爲了什麼、又根據什麼相信自己爲了上帝和天堂放棄了一切？」

無知說：「我的心是這麼告訴我。」

基督徒說：「智者有云：『心裡自恃的，乃愚頑人[27]。』」

無知說：「那是指邪惡的心而言，但我的心是良善的。」

基督徒問：「你如何證明你的心是良善的呢？」

無知說：「它以天堂的盼望安慰著我。」

基督徒說：「這也可能是被你自己的心矇騙；一個人的心可能使他對一件根本沒有理由盼望的事物抱著盼望，還以爲得到了安慰。」

無知說：「但我的心跟我的生活是一致的，因此我的盼望是有根據的。」

基督徒說：「誰可以作證你的心跟生活是一致的？」

無知說：「我的心是這麼告訴我。」

基督徒說：「這就好像問我的朋友我是不是小偷一樣！你心裡自以爲是！在這件事上，除非上帝作你的證人，否則別的證明都毫無分量。」

無知說：「但是，一個良善的心必定會有良善的思想，我說得不對嗎？難道符合上帝誡命的生活不是良善的生活嗎？」

基督徒說：「是，有善良意念的心才是一顆好的心，遵守上帝誡命的生活才是好的生活。但是，能做到這樣是一回事，自以爲是的好又是另一回事。」

無知說：「請問，你認爲怎樣的心思意念才是良善的，怎樣的生活才是遵守上帝誡命的生活？」

基督徒說：「好的心思意念有許多種——有些是關乎我們自己，有些關乎上帝，有些關乎基督，有些關乎別的事。」

無知說：「哪些是關於我們自己的好念頭？」

基督徒說：「符合上帝話語的就是好念頭。」

無知說：「什麼時候我們自己的心思意念才符合上帝話語？」

基督徒說：「當我們像《聖經》那樣判斷自己的時候。讓我解釋一下：就人類的本性而言，《聖經》說：『沒有一個義人，沒有一個人行善[28]。』又說：『人終日所思想的盡都是惡[29]。』又說：『人從小時心裡懷著惡念[30]。』因此，當我們對自己有這樣的想法——認識到自己的惡，我們的心思意念才是有益的，因爲這種心思意念合乎聖經的教導。」

無知說：「我絕不相信我的心有那樣壞。」

基督徒說：「所以你這輩子不曾有過正確的觀點。不過讓我講下去吧！正如《聖經》對我們的心有所斷定，它對我們的行爲也有所斷定；當我們對自己的心和行爲的判斷，符合《聖經》所作的判斷時，我們的心思和行爲就是正確的，因爲它們符合《聖經》的要求。」

無知說：「可以請你講清楚一點嗎？」

基督徒說：「《聖經》上說，人的行徑是邪曲的——不但不是良善的，而且還偏離正道。它說世人天生就有偏離正道的傾向，他們自己卻不知道[31]。當一個人對自己的行爲有如此的認知，也就是他能明智地、謙卑地反省時，那時他對他的行徑就會有正確的認識，因爲他的想法和《聖經》的判斷一致。」

無知說：「怎樣才是關乎上帝的正確意念？」

基督徒說：「當我們對上帝的想法（就像我剛才所說對自己的想法）符合《聖經》的教導時；也就是說，當我們對祂的本質和屬性，是以《聖經》上所教導我們的為根據時，我們對祂就有了正確的想法，這點我暫時不打算充分討論。至於祂跟我們的關係是這樣的：當我們想到祂對我們的瞭解其實遠勝過我們對自己的瞭解，在我們自己看不見有罪的地方，在我們自己還不知道已經犯了罪的時候，祂就看出了我們的罪；當我們想到祂洞悉我們內心深處的意念，不論我們的心有多深，在祂的眼前都是赤露敞開的；當我們想到我們所有的義，對祂而言都是發出惡臭的，因此即使我們帶著自己最好的行為來見祂，祂也不能容忍我們自大地站在祂面前。只有在這樣的時候，我們對上帝的想法才是正確的。」

無知問：「你以為我會傻到自認為知道得比上帝多，或者在上帝面前誇耀自己的好行為嗎？」

基督徒說：「那麼，對這件事你是如何考量的？」

無知說：「嗯，簡單地說，我認為人必須相信基督才能被稱為義。」

基督徒說：「是喔！你一方面不覺得需要基督，卻又認為必須相信祂！你既看不出你的原罪，也看不見你目前的軟弱。你對自己和自己的所作所為有這種看法，以致你從不覺得需要靠基督的義才可以在上帝面前稱義。你怎麼還說，自己相信基督呢？」

無知說：「我的信仰已經很夠了。」

基督徒問：「你信什麼？」

無知說：「我相信基督爲罪人而死，並且因爲我遵守了祂的律法，已蒙祂的悅納，因而將來我在上帝面前可以被稱爲義，免去咒詛。或者這樣講：由於基督之功，使天父悅納我的宗教職責，因此我將被稱爲義。」

基督徒說：「讓我對你的信仰告白一一加以回應：

「一、你的信仰是一種捕風捉影的信仰，《聖經》裡從來就沒有描述過這種信仰。

「二、你的信仰是一種錯誤的信仰，因爲這種信仰是把基督的義濫用到自己身上來。

「三、你的信仰並不認爲基督讓你稱義，而是讓你的行爲可以稱義；你是爲了自己的行爲而不是爲了自己是個罪人而信，這根本是錯誤的信仰。

「四、因此，這種信仰是誤導的。在全能上帝審判的日子，你仍舊在祂的忿怒之下，因爲眞正使人稱義的信，會使一個靠著律法覺察自己靈魂失喪光景的人投入基督的義之庇蔭下，靠祂的義避免將來的災禍（基督的義在於祂自己對律法完全順服，代替我們受刑罰，而不是一種慈悲之舉，使上帝接納你的宗教義務）；眞正的信仰就是接受基督的這種義。在義的羽翼下，靈魂得到庇蔭，使自己沒有污點，安然地見主，蒙上帝的悅納，不再被定罪。」

無知說：「什麼？難道你要我們不靠自己努力而完全依靠基督嗎？這種妄想會使我們放縱欲望，爲所欲爲。因爲，如果我們只信靠基督的義就能被稱爲義，我們如何生活又有什麼關係呢？」

基督徒說：「你的名字叫無知，眞是人如其名！你的回答證明了我這麼說一點都沒錯。

你不懂義的本質，也不懂怎樣透過因信稱義來免去上帝的憤怒，保全你的靈魂。不僅如此，你也不明白相信基督的義就能得到救贖這種信心的真正功效，這種信心使人心歸向上帝，愛祂的名、祂的話語、祂的作風和祂的子民，實在和你那般無知的想像大不相同。」

盼望對基督徒說：「你問他，基督有沒有從天向他啓示。」

無知說：「什麼！你們是追求啓示的人！我認爲你們和其他所有的人說到有關於啓示的事，都只是神智錯亂的結果。」

盼望說：「唉！老兄啊！屬肉體的人無法靠自己領受基督，除非透過天父的啓示，否則誰也無法認識基督而得救。」

無知說：「這是你們的信仰，可不是我的。雖然我腦袋裡不像你們那樣有許多怪念頭，但我有把握，我的信仰和你們一樣好。」

基督徒說：「容我打岔。你不該講得這麼容易，我可以大膽地肯定，就像我的朋友盼望剛才所說的，除非透過天父的啓示，沒有人能認識基督。是的，若有人因著信心緊緊地抓著基督（正確的信心），也一定是由上帝的大能大力所促成的[32]。可憐的無知老兄，我看出你根本不瞭解正確的信心。醒醒吧！你該看見自己有多麼不幸，快奔向主耶穌那裡吧！靠著基督的義——也就是上帝的義（因爲基督與上帝本爲一體）——你就不再被定罪了。」

無知說：「你們走得太快，我跟不上。你們走在前頭吧！我還是在後頭保持一段距離比較好。」

於是基督徒與盼望便唱道：

無知實在太愚昧，
一再不聽好建言。
倘若你一再輕忽，
不久就知真悲慘。
天路朋友要把握，
信靠順服莫懼怕，
採納忠言得救贖。
不聽忠告代價大，
內心頑固是輸家。

然後基督徒向他的同伴說：「盼望賢弟，走吧！我們再次面臨兩人同行的情況了。」後來，我在夢中看見他們快步向前，無知在後面一跛一跛地走著。基督徒對盼望說：「我真同情這個可憐人，他的下場一定很悲慘。」

盼望說：「唉！像他這種人，你我的老家多的是，很多家庭和許多街道上全是這種人，甚至天路客之中也不乏這種人呢！你想一想，如果你我的本鄉有這麼多可憐蟲，在他的家鄉不知道會有多少！」

基督徒說：「的確，《聖經》有『主叫他們瞎了眼，免得他們眼睛看見』等多處類似經文。不過，既然現在只有你我兩人，可否請你談談你對這種人有何看法？你認爲他們從來就沒有悔罪過，因此也不擔心自己的生活方式？」

盼望說：「不，我想聽你回答這個問題，因爲你年紀較長，人生閱歷比我豐富。」

基督徒說：「那麼我就試著回答。這種人有時候也可能悔罪（我是這麼認爲的），但他們很容易無知，不懂得悔罪對他們的好處。因此，他們想盡辦法壓抑自己悔罪，繼續放肆地欺騙自己，自以爲是。」

盼望說：「我同意你的說法。就如你剛才所說的，對罪的代價感到畏懼，對人大大有益，並且能幫助人、預備人開始走向天路。」

基督徒說：「毫無疑問，合宜的畏懼確實有益無害。《聖經》是這麼說的：『敬畏上主是智慧的開端[33]。』」

盼望說：「你可否爲我解釋合宜的畏懼？」

基督徒說：「合宜的畏懼可以從以下三點來驗證：第一、根據它的起源，它是從使人得救的悔罪中產生的；第二、它驅使人的靈魂緊緊抓住基督的救贖；第三、它使人的心靈大大地敬畏上帝、上帝的話，以及上帝的方式，使人心柔軟，不偏向左右，生怕讓上帝蒙羞、使內心不平安、讓聖靈憂傷，或引起魔鬼的控告。」

盼望說：「說得好！我相信你說出了眞理。我們現在是不是已經走出迷惑田了？」

基督徒問：「怎麼？你對這些討論感到厭倦了？」

盼望說：「不，眞的不會！我只是想知道我們走到哪裡了。」

基督徒說：「我們最多再走兩里就可以走出迷惑田。不過，我們還是回到剛才的討論吧！無知的人不明白那種會使他們害怕的悔罪其實大有益處，因此會想辦法加以壓抑。」

盼望說：「他們如何設法壓抑呢？」

基督徒說：「第一、他們認爲那種恐懼是魔鬼造成的——雖然那的確出自上帝——抱著這種思維，他們抗拒悔罪的恐懼，誤以爲那些恐懼會讓他們滅亡；第二、那些無知的人還認爲這種恐懼會破壞他們的信心，但其實他們——這些可憐蟲——根本就沒有信心！因此，他們的心就剛硬起來，對恐懼極度抗拒；第三、他們自以爲不應該害怕，因此，他們忽略那些恐懼，變成傲慢自信的人；第四、他們認爲那些恐懼會奪走他們並不足取、且自以爲是的聖潔，因此他們全力抗拒之。」

盼望說：「關於這種事我自己略有所知，因爲在我對自己有正確的認識以前，我也是抱著同樣的心態。」

基督徒說：「嗯，我們現在暫且不談無知，來討論其他有益的問題吧！」

盼望說：「十分樂意。不過還是請你先起頭。」

基督徒說：「好吧！你知不知道大約十年前，在你老家那一帶的鄉里有一位名叫暫信的人，當時是個愛出風頭的信徒？」

盼望說：「我當然知道！他住忘恩鎮，離誠實市約莫兩里，他是回頭先生的鄰居。」

基督徒說：「是的，暫信跟回頭的確是鄰居。暫信曾經頗有覺醒，我相信那時候他對自己的罪惡，以及罪的代價都有一些瞭解。」

盼望說：「我也這麼認爲，因爲我的老家距離他所住的地方不到三里，他常痛哭流涕地跑來找我。我由衷地憐憫他，對他曾有些期待，盼望他會成爲眞正的信徒。不過，我們現在知道不是每個喊『主啊，主啊』的人，都能進入天國。」

基督徒說：「有一次暫信對我說，他決定要走天路，就像我們現在這般。不料突然間他認識了一個名叫自救的人，從那之後他把我看作陌生人。」

盼望說：「既然我們現在談到了他，讓我們來研究一下，暫信和那些性格像他的人爲什麼突然後退了。」

基督徒說：「這是個好問題，不過請你先說。」

盼望說：「據我判斷，有四個原因：第一、雖然這種人的良心有所覺醒，但他們的心思意念還沒有改變；所以，當罪疚產生的力量一衰退，宗教熱誠也就停止了，他們自然又回到舊有的生活方式。就像我們看見一隻狗因爲吃了某種東西得了病，在狗生病的期間，牠把什麼都吐了出來。狗這麼做並不是出於自由意志（如果我們可以說狗有理智的話），而是因爲食物困擾著牠的胃腸。然而，當牠的病一好，腸胃也舒服了，狗並不討厭自己所吐出來的東西，因此又回過頭來把吐出來的通通都吞回肚子裡。這就是《聖經》所說的：『狗所吐的，牠轉過來又吃[34]。』所以，如果只是因爲認識到地獄的折磨，又懼怕這種折磨，因而開始對天堂熱衷，那麼，一旦對地獄的認知和對下地獄的懼怕變冷淡了，他們對天堂和得救的渴望就會停止。所以，當他們的罪惡感和恐懼一消失，他們對天堂和福分的渴望也就熄滅，就會走回頭路。

「第二、他們被一種奴性的恐懼所打敗，我所指的是他們對人的懼怕。聖經說：『懼怕人的，陷入羅網[35]。』因此，雖然當地獄的火快要燒著眉頭時，他們似乎頗熱衷於天堂。可是到那種懼怕稍爲消失的時候，他們又改變了想法。譬如說：『還是要聰明一點，不要冒著失去一切的危險（他們根本不明白），至少不要讓自己陷入不可避免和不必要的麻煩。』於是他們又回到世俗的老路了。

「第三、他們以信仰爲恥，也成了他們走上天路的障礙。他們傲慢不遜，在他們眼中，宗教信仰是卑微、不屑一顧的。因此，當他們失去對地獄和將來的憤怒的醒悟時，就會回到老路。

「第四、認知到自己的罪和想到將來的刑罰，這種煎熬讓他們難以承受，在災難沒有臨到頭上之前，他們不願意去正視。雖然，如果他們一開始就睜大眼睛，或許他們一看到災禍就必會奔向義人所投奔的地方，得到眞正的平安。不過就像我先前所指出的，他們不願意積極面對罪與刑罰，因此，一旦他們把上帝的憤怒和對刑罰的覺醒拋之腦後，他們就樂於讓內心剛硬，選擇會使他們內心愈來愈剛硬的道路。」

基督徒說：「你已經說到關鍵了，問題的根源在於他們的心態與意志並沒有改變。因此，他們就像站在法官面前的罪魁禍首；罪人全身發抖，似乎打從心裡要悔改，可是實際上卻是由於害怕被絞死。很顯然這種人並不是眞的對犯罪感到厭惡，因爲只要他得到了自由，他依舊會當賊，依舊是個惡棍；若他的心眞的有了改變，就不會這樣。」

盼望說：「我已經把他們走回頭路的原因講給你聽了，現在請你講講他們之後會有哪些行爲模式。」

基督徒說：「我很樂意回答。第一、他們會盡量使自己不再想到上帝、死亡，以及將來的審判；第二、接著他們漸漸放棄私底下的信仰操練，像是在密室中的祈禱、節制欲望、警醒、爲犯罪感到懊悔等；第三、他們不再與有生命、有熱誠的基督徒往來；第四、之後他們對於群體的宗教活動，例如：聽講道、讀經、參加聚會等漸漸冷淡；第五、接下來，因著他們所看到的一些缺點，就開始在敬虔的人身上挑毛病，但目的卻是彰顯自己把宗教這個包袱丟掉是大有理由的；第六、於是他們開始跟屬血氣的、放蕩的，以及不正經的人爲伍；第七、接著他們就偷偷地開始做屬世的、放蕩的事。如果他們看見被一般人認爲正直的人也有這類的行爲，就會很高興，因爲他們找到了好例子，就可以更大膽地放縱；第八、這以後他們開始公然地犯起小罪；第九、他們內心剛硬，原形畢露，因此再度陷入苦難的深淵。這時除非恩典神蹟般地介入，否則這些人便只有在自欺中永遠滅亡。」

第19章 渡過死亡河

此刻我在夢中看見，兩位天路客已經走出迷惑田，進入被稱爲「有夫之婦」的地區[1]。境內的空氣芬芳宜人，是通往天城的必經之地。二人就在那裡享受四周的美景。一路上，百鳥鳴叫不絕於耳，繁花盛開，境內處處可聽到斑鳩的聲音。在這裡，太陽晝夜照耀，因爲這地方遠離死蔭幽谷，也不在絕望巨人的勢力範圍之內，從這裡也看不見懷疑堡壘。但在這裡可以引頸眺望天城，不時能看見天城裡的部分居民，全身發光的天使常常到這裡來散步，因爲這地方緊鄰天堂的邊境。在這地「新郎」和「新娘」之婚約會繼續展期。是的，在這裡「新郎怎樣喜悅新娘，他們的上帝也要照樣喜悅他們」。在這裡他們有吃不盡的五穀和喝不完的美酒，因爲這是整段天路歷程中最富饒的地方。在這裡他們聽到從天城發出來的聲音，高喊著：「對錫安的居民說：看哪！救恩已經來臨了，他還帶來了他的獎賞！」那地方所有的居民都稱基督徒和盼望爲「聖民、上主所救贖的子民、被眷顧的人」等等。

他們行走在這個地區時，比在其他地方要快樂許多，而他們的目的就是天城。他們愈走近那座城，就愈能清楚看見它的面貌。那城是用珍珠和寶石打造，街道是用黃金鋪成；由於整座城的天然榮光，和陽光照映在其上的反射，基督徒因強烈的渴望而生病了。盼望也有一兩次罹患同樣的病。因此他們在那裡躺著休息了一會兒，由於劇烈的疼痛而喊出：「若遇見我的良人，你們要告訴他，我患了相思病。」

等到他們的體力稍稍恢復了一些，能勉強抱病上路的時候，他們就繼續往前走，愈走愈靠近那座城。那一帶有果園、葡萄園和花園，所有園子的門都朝大路敞開著。他們走近那些園子，看見一個園丁站在路上。基督徒和盼望問他：「這些美麗的葡萄園和花園是誰的？」那園丁回答說：「它們是天國之王的，因為他自己喜歡，也為了讓天路客能得到安慰，所以在這裡種了這些果樹與花草。」於是園丁領他們進葡萄園，讓他們隨意摘食各種甜美的果子[2]；還領他們看王常行走的步道，和他喜歡歇腳的涼亭。他們就在亭中逗留，並且睡著了。

我在夢中看見他們在睡夢中說話，竟比他們在整個旅途中還更多話。園丁見我因這事陷入沈思，就對我說：「你為什麼覺得這件事難以理解呢？葡萄園裡的這些葡萄太甘甜舒暢了，吃了以後，連熟睡之人也會開口講話[3]。」

過些時候，我看見他們從夢中醒來，準備上路往天城去。不過，如我剛才所說的，陽光照耀在那座城市上的反射（因為城是純金打造[4]）太過榮光輝煌，因此他們無法直視，只能用一種特別的儀器才能觀看[5]。我看見他們往前走去的時候，有兩位衣著金光閃閃的人前來迎接他們，他們臉上也發著光。

他們問兩位天路客從哪裡來，還問他們在哪裡住過，沿途碰到哪些困難和危險、哪些安慰和歡樂，基督徒和盼望一一告訴了他們。那兩位前來迎接的人告訴他們，他們再經過兩道難關，就可以進入天城了。

基督徒和盼望請求那兩人與他們同行，他們也答應了。「不過，」他們說，「你們必須依靠自己的信心才能到達目的地。」我在夢中看見他們四人同行，一直走到憑肉眼就能看見天門的地方。

我又看見在他們和天門之間隔著一條河，可是河上沒有橋可以通過，河水又非常深。一看見這條河，兩位天路客非常驚愕。跟他們一起走的那兩個人說：「你們必須親自渡過這條河，否則就無法抵達天門。」

天路客就問：「還有其他的路可以通到天門嗎？」他們回答：「有的！但自創世以來，除了以諾和以利亞之外，沒有一個人獲准可以走那條路，直到最後的號角響起爲止。」他們兩人開始感到沮喪，尤其是基督徒，環顧四周卻找不出一條可以避開那條河的路。於是他們問那兩個人，河水是不是到處都一樣深。那兩人說：「並不見得。」但對這件事他們也愛莫能助。他們說：「因爲河水的深淺，完全取決於你們對天國之王的信心而定。」

接著他們開始涉水，一進入河中，基督徒就往下沉，他向他的好友盼望喊著說：「我要沉到深水裡去了，波濤從我頭上壓過，波浪淹沒我的身子。」

於是盼望便說：「加油！我的兄弟。我能踩到河底，情況還算好。」這時，基督徒說：「我的朋友啊！死亡的憂傷將我四面環繞，我見不到流奶與蜜之地了。」這時一片黑暗和恐懼籠罩了基督徒，他只覺得昏天暗地，看不清眼前的任何東西，還幾乎喪失意識，完全記不起、也無法有條理地說出他在天路上的那些美好經歷。從基督徒的語無倫次中可以聽出他心裡有多麼懼怕，他擔心自己會死在河裡，永遠進不了天城的門。旁邊的人可以看得出來，他想起了過去所犯的罪，以致心裡非常難受；有的罪是在他成爲天路客之前犯的，有的罪是在他成爲天路客以後犯的。同時也感覺得出，他被鬼魔、邪靈所擾亂，因爲他的話中不時提及牠們。

盼望費了好大的勁才扶住基督徒，使他的頭保持在水面上。只是有時候基督徒完全沉了下去，過了一會兒，他又半死不活地浮了上來。盼望也必須設法安慰基督徒：「兄弟，我看到天門了，許多人在門口迎接我們呢！」基督徒卻回答：「他們等的人是你！自我認識你以來，你始終是常存盼望的人。」盼望說：「你也是如此啊！」基督徒說：「啊！老弟，要是我沒錯的話，祂早該出現來拯救我的。但是由於我犯了罪，祂使我陷入網羅，並且離棄了我。」盼望說：「好兄弟，你難道忘了《聖經》上記載關於惡人的話嗎？『他們死的時候沒有疼痛；他們的力氣卻也壯實。他們不像別人受苦，也不像別人遭

災[6]。』你在水中所經歷的這些困難和苦惱並不代表上帝要撇棄你，而是要考驗你，看你會不會想起過去從祂那裡得到的恩典，以及你在苦難中能否靠祂而活。」

我在夢中看見基督徒沉思了好一會兒。盼望又對他說：「別灰心，振作起精神！主耶穌會保你無恙。」基督徒聽了這話，便大聲喊道：「啊！我看見啦！祂對我說：『你從水中經過的時候，我必與你同在；你渡過江河的時候，水必不淹沒你[7]。』」他們兩人鼓起勇氣，之後仇敵再也無法加害他們，直到他們走過了整條河。不久基督徒腳踏得到河底，後來一路上水都很淺。他們就這樣渡過了河。

他們看見那兩個全身發光的天使又出現在對岸上，正等候著他們，他們一踏上河岸，那兩人就向他們問候，並且說：「我們奉上帝的差遣來服事將要承受救恩的人。」他們就陪著天路客向天門走去。

你們應該知道，這座城市位於一座雄偉的山上，可是兩名天路客卻輕易地走上山，因為那兩個人挽著他們的手臂，而且他們已把在塵世穿的衣服丟在河裡。他們剛進到河裡的時候還穿著那些衣服，走上岸的時候，就一齊脫去。因此即使這個城市的地基比雲還要高，他們的步伐卻十分輕快敏捷。他們通過大氣層向上走，一面輕鬆地談話，他們很高興自己已經安全地渡過河，並且有充滿榮光的天使護送著。

他們跟全身發光的天使談起那座城的榮美，兩位發光的天使告訴他們，那座城的榮美是無法言喻的。他們說，那裡是錫安山，就是天上的耶路撒冷，那裡住著千萬的天使，以及被成全之義人的靈魂[8]。天使說：「你們現在是到上帝的樂園裡，在那裡你們將看見生命樹，吃它那永不枯萎的果子；到了那裡，他們會賜給你們白袍，你們每天都可以跟天國之王一起談天、散步，直到永遠[9]。在那裡，你們不會再看見世上的悲傷、疾病、苦難和死亡，『因爲以前的事都過去了[10]。』你們現在是到亞伯拉罕、以掃、雅各和眾先知那裡去——他們都是上帝所揀選免於將來禍患的義人，也就是素行正直、得享平安的人。」

天路客問：「我們在聖地該做些什麼？」天使回答說：「你們將因過去的勞苦而得安慰；爲你們所受過的憂傷而歡樂；你們會收成以前所栽種的，甚至會收成你們一路上爲天國之王禱告、流淚和受苦所結的果子[11]。在那裡你們得戴黃金的冠冕，能夠隨時看見耶穌，因爲你們會看見『祂的眞體[12]』。在那裡你們可以不斷讚美祂，向祂呼喊、稱謝。你們在世上的時候雖然也想服侍祂，但由於肉體的軟弱，所以覺得困難重重。在那裡，你們的眼要見王的榮美，耳要聽大能者的聲音。在那裡，你們會遇到比你們早走天路進到天城的朋友，享受友誼；你們也會歡欣地迎接每一個在你們之後到達聖地的人。在那裡你們會穿上榮耀、尊嚴的衣服，坐在威風凜凜的馬車上，與榮耀之君同進出。當他隨著號角的響聲駕著雲彩再次降臨，你們會與祂同行；當祂坐在審判台上，你們也要與祂同坐。不僅如此，當審判所有不義之人的時候，不管被審判的是天使或凡人，你們在那時候也可與王一同審判，因爲那些人既是王的仇敵，也是你們的仇敵。當王回到天城去的時候，你們會在號角聲中與祂同行，永遠與祂同在[13]。」

第20章 天門

當他們終於走近天門的時候，一大隊天兵出來迎接他們。那兩個全身發光的天使對這些天兵說：「這兩個人在世時是愛主的人，爲了主的聖名而捨棄了一切。因此主差遣我們去迎接他們，我們在他們渴望行走的天路上把他們帶到這裡，好讓他們進去，歡喜地與他們的救贖主見面。」於是天兵大聲喊說：「凡被請赴羔羊之婚宴的有福了[1]！」這時好幾個爲國王吹奏的號角手也出來列隊迎接，他們穿著閃閃發亮的白色衣服，那悅耳而嘹亮的號聲使整個穹蒼產生回音。這些號角手一面歡呼，一面吹著號角，熱烈地歡迎著基督徒和盼望。

之後，他們簇擁著基督徒和盼望，有的在前，有的在後，有的在左，有的在右，好像要護送他們升上天城一般。他們不斷地吹響號角，旋律美妙，響徹雲霄。誰看見了那一幕景象，都會以爲整個天國都出動來迎接他們了。他們如此同行，當他們行進時，那些號角手不停地用興高采烈的聲音，加上音樂、表情跟動作向基督徒與盼望表達熱烈歡迎。因此他們兩人雖然還沒有進入天國，卻好像已經置身其中了。他們放眼望去盡是天使，耳朵所聽到的都是美妙的聲音。從這裡他們也看得見天城。他們彷彿聽到天城裡所有的鐘聲一同響起，歡迎他們的到來。尤其最讓他們歡欣鼓舞的，是想到他們自己也將會永遠住在那裡，有天使爲伴，他們那種榮耀的喜樂實在是言語難以形容！他們就這樣歡歡喜喜地走到天門之前。

當他們抵達天門時，看見門上有金字寫著：

那些遵行主的誡命的人是有福的！
他們有權到生命樹那裡，
也可以從門進到城裡。

接著我在夢中看見那兩個全身發光的天使吩咐他們朝著天門呼喊，他們就照著做，有幾個人從上面探出頭來往下望，分別是以諾、摩西和以利亞等人。有人對他們說，這二位天路客是從將亡之城來的，因爲他們深愛天城的王。兩個天路客就把自己當初拿到的憑證呈給他們，他們就把這些證件轉呈萬王之王，王看了之後便問：「這兩個人在哪裡？」有人回答：「他們站在門外。」於是王就吩咐敞開城門，他說：「讓守信的義民進來[2]。」

我在夢中看見這兩個人走進了天門。看啊！他們一踏進天門，馬上變了形像，穿上了像黃金般閃閃發光的衣裳。還有拿著豎琴和冠冕的天使出來迎接兩人，把那些東西賜給他們。豎琴是用來讚美王，冠冕則是榮耀的象徵。接著我在夢裡聽見，城中所有的鐘又再度爲這場喜慶響起，有人對他們說：「你們要進入主的喜樂裡。」我還聽見那些人高聲唱著：「但願頌讚、尊貴、榮耀、權勢都歸給坐寶座的和羔羊，直到永永遠遠！」

當城門敞開讓二人進去的時候，我從他們後面往城裡望，看見天城像太陽那樣光耀奪目；街道舖著黃金，在裡面走的人，頭上都戴著冠冕，手握著棕櫚枝和唱讚美詩用的金豎琴。還有長著翅膀的天使，口中不斷呼喊：「聖哉！聖哉！我們的聖潔主！」隨後天門就關上了。我看到這裡，心裡多希望自己也能置身天城之中，成爲其中的一分子。

當我凝視這一切的時候，我回頭往後一望，看見無知也來到了河邊。他居然很快就渡過了河，不像基督徒和盼望遇到那麼多困難。因爲那時正好有一個名叫虛妄的擺渡人在那裡，用他的船幫助無知過河。因此無知就像我剛才看見的那兩位天路客一樣，也上山向天門走去。不過他獨自走著，既沒有人去迎接他，也沒有人給他任何鼓勵。他一抵達天門，抬頭看上頭所寫的字，然後開始叩門，以爲裡面的人應該會立刻爲他開門。可是從城門上探頭望的人問他：「你從哪裡來？你想要什麼？」他回答說：「我曾在王面前同桌吃喝過，

他曾在我們街上教導眾人。」於是他們向他要憑證，好拿去給王看。無知伸手到懷裡摸了半天，找不到任何憑證。他們又問他：「你沒有憑證嗎？」無知一句話也說不出來。於是他們就向王報告，可是王不肯出來見他，就吩咐迎接基督徒和盼望進城的那兩位發光天使把無知的手腳綁起來帶走。接著他們把他提起來，帶過空中，一直到我先前看見的山腳旁的那扇恐怖門，把他推了進去。這時我才看清楚，即使從天門也有通往地獄的路，和將亡之城一樣。

這時我醒了過來，啊！原來是一場夢！

結語

親愛的讀者：我已將這夢境向你訴說，
看你能是否能為我解夢，
或是向你自己，和你的鄰居詮釋清楚。
可千萬別詮釋錯誤，若是那樣，
不但不會受益，反而於你有損，
一旦誤解，還會招來災禍。
你還得小心，
千萬不要過度拘泥於這場夢的表象；
也不要對我的人物或比喻加以訕笑或憤恨。
小孩或者傻瓜難免不智，
至於你，千萬要尋找故事的要旨。
揭開簾幕，朝薄紗後察看，
看清我的隱喻，切莫有疏失。
只要你肯探索，你將會發現，

這些隱喻對於一顆誠實的心助益良多。
果敢地拋棄裡面的渣滓，
可是務必要把純金保留下來。
若我的金子是包在礦石裡該怎麼辦？
誰會丟掉一整顆蘋果而貯藏果核？
若你認為它無益而全部撇下，
我只好走入夢鄉，再夢一回。

注釋

第1章

1. 以賽亞書六十四章6節
2. 路加福音十四章33節
3. 哈巴谷書二章2節
4. 詩篇卅八章4節
5. 使徒行傳二章37節
6. 使徒行傳十六章30-31節
7. 希伯來書九章27節
8. 約伯記十六章22節
9. 以西結書廿二章14節
10. 以賽亞書三十章33節
11. 馬太福音三章7節
12. 馬太福音七章13節
13. 詩篇一一九篇105節；彼得後書一章19節
14. 路加福音十四章26節
15. 創世記十九章17節
16. 耶利米書二十章10節
17. 哥林多後書四章18節
18. 路加福音十五章17節
19. 彼得前書一章4節
20. 希伯來書十一章16節
21. 路加福音九章62節
22. 希伯來書九章15-28節

第2章

1. 提多書一章2節
2. 以賽亞書四十五章17節
3. 約翰福音十章27-28節

4. 提摩太後書四章8節
5. 啓示錄廿二章5章；馬太福音十三章43節
6. 以賽亞書廿五章8節；啓示錄七章15－17，廿一章4節
7. 以賽亞書六章1－4節
8. 啓示錄五章11節
9. 啓示錄四章4節
10. 啓示錄十四章1－5節
11. 約翰福音十二章25節
12. 哥林多後書五章1－10節；帖撒羅尼迦前書四章13－18節
13. 以賽亞書五十五章11－12節
14. 約翰福音六章35－37節，七章37－39節；啓示錄廿一章6－7，廿二章17節
15. 詩篇四十篇2節
16. 以賽亞書三十五章3－4節
17. 撒母耳記上十二章23節

第3章

1. 哥林多前書七章29節
2. 出埃及記十九章16－19節
3. 希伯來書十二章18－21節
4. 希伯來書十二章25節
5. 希伯來書十章38節
6. 馬太福音十二章31節
7. 約翰福音二十章27節
8. 約翰一書四章1－5節
9. 加拉太書六章12節
10. 路加福音十三章24節
11. 馬太福音七章13－14節
12. 希伯來書十一章25－26節

13. 馬可福音八章35節；馬太福音十章39節；約翰福音十二章25節
14. 路加福音十四章26節
15. 加拉太書四章21－31節
16. 加拉太書三章10節
17. 詩篇二篇12節

第4章

1. 馬太福音七章7節
2. 約翰福音六章37節
3. 馬太福音七章13－14節

第5章

1. 哥林多前書四章14－16節
2. 加拉太書四章19－20節
3. 羅馬書七章9節
4. 哥林多前書十五章56節
5. 羅馬書五章20節
6. 約翰福音十五章3節；使徒行傳十五章9節；羅馬書十六章25－26節
7. 路加福音十六章25節
8. 哥林多後書四章18節
9. 哥林多後書十二章9節
10. 馬太福音十一章12節；使徒行傳十四章22節
11. 路加福音八章13節
12. 希伯來書六章4－6節
13. 路加福音十九章14節
14. 希伯來書十章26－31節
15. 哥林多前書十五章52節
16. 猶大書14、15節；但以理書七章9－10節

17. 帖撒羅尼迦前書四章16節
18. 約翰福音五章28節
19. 詩篇五篇1–3節
20. 瑪拉基書三章2–3節；彌迦書七章16–17節
21. 啓示錄二十章11–13節
22. 瑪拉基書四章1節；馬太福音三章12節
23. 路加福音三章17節
24. 帖撒羅尼迦前書四章16–17節
25. 羅馬書二章12–16節

第6章

1. 以賽亞書廿六章1節
2. 撒迦利亞書十二章10節
3. 馬可福音二章5節
4. 撒迦利亞書三章1–5節
5. 以弗所書一章13–14節
6. 箴言廿三章34–35節
7. 彼得前書五章8節
8. 約翰福音十章1節
9. 加拉太書二章15–16節

第7章

1. 以賽亞書四十九章10節
2. 箴言六章6節
3. 帖撒羅尼迦前書五章4–9節；啓示錄二章4節

第8章

1. 馬可福音四章40節
2. 創世記九章27節
3. 希伯來書十一章15－16節
4. 羅馬書七章15、21節
5. 啓示錄廿一章4節；以賽亞書廿五章8節
6. 創世記十九章14節
7. 約翰一書三章12節
8. 以西結書三章19節
9. 希伯來書二章14－15節
10. 詩篇一一三篇7節；撒母耳記上二章8節
11. 希伯來書十一章33－34節
12. 以賽亞書卅三章16－17節

第9章

1. 羅馬書六章23節
2. 彌迦書七章8節
3. 羅馬書八章37節
4. 雅各書四章7節

第10章

1. 耶利米書二章6節
2. 民數記十三章32節
3. 詩篇四十四篇19節，一〇七篇10節
4. 約伯記三章5節，十章22節
5. 耶利米書二章6節；詩篇四十四篇18－19節
6. 詩篇六十九篇14節
7. 以弗所書六章18節
8. 詩篇一一六篇4節

9. 詩篇廿三篇4節
10. 約伯記九章10－11節
11. 阿摩司書五章8節
12. 約伯記十二章22節
13. 約伯記廿九章3節

第11章

1. 耶利米書廿九章18－19節
2. 彼得後書二章22節
3. 創世記三十九章11－13節
4. 箴言廿二章14節
5. 箴言五章5節
6. 約伯記卅一章1節
7. 以弗所書四章21－22節
8. 約翰一書二章16節

9. 羅馬書七章24節
10. 哥林多前書一章26節，三章18節；腓立比書三章7－11節；約翰福音七章48節
11. 路加福音十六章15節
12. 馬可福音八章38節
13. 箴言三章35節

第12章

1. 馬太福音廿三章3節
2. 哥林多前書四章20節
3. 羅馬書二章17－25節
4. 雅各書一章23－27節
5. 馬太福音十三章23節
6. 馬太福音十三章30節
7. 利未記十一章；申命記十四章

8. 哥林多前書十三章1、3節
9. 哥林多前書十四章7節
10. 創世記三十九章11-18節
11. 哥林多前書十三章2節
12. 詩篇一一九篇34節
13. 約翰福音十六章8節
14. 詩篇卅八篇17-18節；羅馬書七章24節；馬可福音十六章16節
15. 耶利米書卅一章19節
16. 約翰福音十六章9節；加拉太書二章15-16節；使徒行傳四章12節；馬太福音五章6節；啓示錄廿一章6節
17. 羅馬書十章10節
18. 腓立比書一章27節
19. 詩篇五十篇23節
20. 約伯記四十二章5-6節；以西結書二十章43節
21. 馬太福音十五章8節

第13章

1. 約翰福音四章36節
2. 加拉太書六章9節
3. 哥林多前書九章24-27節
4. 啓示錄三章11節
5. 詩篇六十二篇9節
6. 傳道書一章2-14節，二章11、17節；以賽亞書四十章17節
7. 哥林多前書五章10節
8. 馬太福音四章1-11節；路加福音四章1-13節
9. 哥林多前書四章9-10節

10. 哥林多前書二章1－8節
11. 詩篇一一九篇37節
12. 腓立比書三章20－21節
13. 箴言廿三章23節
14. 希伯來書十一章13－16節
15. 出埃及記一章22節
16. 但以理書三章6節
17. 但以理書六章7節

第14章

1. 箴言廿六章25節
2. 約翰福音六章26節
3. 路加福音二十章46－47節
4. 使徒行傳八章19－22節
5. 何西阿書九章6節
6. 提摩太後書四章10節
7. 列王紀下五章15－27節
8. 馬太福音廿六章14－15節，廿七章1－6節
9. 創世記十九章26節
10. 民數記十六章31－32節，廿六章9－10節
11. 創世記十三章10－13節

第15章

1. 詩篇六十五篇9節
2. 啓示錄廿二章1節
3. 以賽亞書十四章30節；詩篇廿三篇2節
4. 民數記廿一章4節
5. 以賽亞書九章16節
6. 耶利米書卅一章21節
7. 詩篇八十八篇

8. 約伯記七章15節

第16章

1. 約翰福音十章11-15節
2. 何西阿書十四章9節
3. 希伯來書十三章2節
4. 提摩太後書二章17-18節
5. 箴言廿一章16節

第17章

1. 箴言廿六章12節
2. 傳道書十章3節
3. 馬太福音十二章43-45節；箴言五章22-23節

4. 彼得前書四章18節
5. 提摩太後書一章12-14節；彼得後書二章9節
6. 希伯來書十二章16節
7. 創世記廿五章32節
8. 耶利米書二章24節
9. 彼得前書五章8-9節
10. 詩篇八十八篇
11. 約伯記四十一章26-29節
12. 約伯記卅九章19-25節
13. 以弗所書六章16節
14. 出埃及記卅三章15-16節
15. 詩篇三篇5-8節，廿七篇1-3節
16. 以賽亞書十章4節
17. 箴言廿九章5節
18. 詩篇十七章4節

19. 但以理書十一章32節；哥林多後書十一章13－14節
20. 羅馬書十六章17－18節
21. 申命記廿五章2節；歷代志下六章26－27節
22. 啓示錄三章19節
23. 傳道書十章15節；耶利米書十七章15節
24. 哥林多後書五章7節
25. 箴言十九章27節
26. 約翰一書二章21節

第18章

1. 帖撒羅尼迦前書五章6節
2. 傳道書四章9節
3. 羅馬書六章21－23節
4. 以弗所書五章6節
5. 以賽亞書六十四章6節
6. 加拉太書二章16節
7. 路加福音十七章10節
8. 希伯來書十章12－21節
9. 羅馬書四章25節；歌羅西書一章14－23節；彼得前書一章19節
10. 馬太福音十一章28節
11. 馬太福音廿四章35節
12. 詩篇九十五篇6節；但以理書六章10節；耶利米書廿九章12－13節
13. 出埃及記廿五章10－22節；利未記十六章2節；民數記七章89節；希伯來書四章16節
14. 哈巴谷書二章3節
15. 以弗所書一章18－21節
16. 使徒行傳十六章31節
17. 哥林多後書十二章9節

18. 約翰福音六章35節
19. 約翰福音六章37節
20. 提摩太前書一章15節
21. 羅馬書十章4節；羅馬書四章
22. 羅馬書四章25節
23. 啓示錄一章5節
24. 提摩太前書二章5節
25. 希伯來書七章25節
26. 箴言十三章4節
27. 箴言廿八章26節
28. 羅馬書三章
29. 創世記六章5節
30. 創世記八章21節
31. 箴言二章15節；詩篇一二五篇5節；羅馬書三章12節
32. 馬太福音十一章27節；哥林多前書十二章3節；以弗所書一章17-19節
33. 詩篇一一一篇10節；箴言一章7節，九章10節；約伯記廿八章28節
34. 彼得後書二章22節
35. 箴言廿九章25節

第19章

1. 以賽亞書六十二章4-12節；雅歌二章10-12節
2. 申命記廿三章24節
3. 雅歌七章9節
4. 啓示錄廿一章18節
5. 哥林多後書三章18節
6. 詩篇七十三篇4-5節
7. 以賽亞書四十三章2節

8. 希伯來書十二章22－24節

9. 啓示錄二章7節，三章4－5節，廿二章5節

10. 啓示錄廿一章4節

11. 加拉太書六章7－9節

12. 約翰一書三章2節

13. 帖撒羅尼迦前書四章14－17節；猶大書14－15節；但以理書七章9－10節；哥林多前書六章2－3節

第20章

1. 啓示錄十九章9節

2. 以賽亞書廿六章2節

專有名詞中英對照表

中譯	英文	中譯	英文
傳道	Evangelist	貪戀	Passion
窄門	Wicket Gate	忍耐	Patience
頑固	Obstinate	救恩（牆）	Salvation （Wall）
善變	Pliable	發光的天使	Shining Ones
將亡之城	City of Destruction	愚蠢	Simple
基督徒	Christian	懶惰	Sloth
沮喪沼	Slough of Despond	傲慢	Presumption
幫助	Help	形式	Formalist
世智	Worldly Wiseman	虛偽	Hypocrisy
享樂城	Town of Carnal Policy	高傲之地	Land of Vain-glory
道德鎮	Village of Morality	艱難山	Hill Difficulty
守法	Legality	膽怯	Timorous
學禮	Civility	疑惑	Mistrust
樂意	Goodwill	美宮	Palace of Beautiful
別西卜	Beelzebub	不知恩	Graceless
曉諭	Interpreter	警醒	Watchful
		謹慎	Discretion

中譯	英文
賢慧	Prudence
虔誠	Piety
仁愛	Charity
愉悅山	Mount Delectable
平安	Peace
忠信	Faithful
屈辱谷	Valley of Humiliation
亞玻倫	Apollyon
死蔭幽谷	Valley of the Shadow of Death
教皇	Pope
異教徒	Pagan
淫蕩	Wanton
首先的亞當	Adam the first
欺騙城	Town of Deceit
不知足	Discontent
驕傲	Pride
自大	Arrogance
自誇	Self Conceit
虛榮	Worldly Glory
知恥	Shame
多話	Talkative
巧嘴	Saywell
閒扯街	Prating Row
虛華鎮	Town of Vanity
虛華市集	Vanity Fair
嫉妒	Envy
迷信	Superstition
馬屁精	Pickthank
憎善	Hate-good
舊我爵士	Lord Old Man
肉欲爵士	Lord Carnal Delight
奢華爵士	Lord Luxurious
愛虛榮爵士	Lord Desire of Vain Glory
好色爵士	Lord Lechery
貪婪爵士	Lord Having Greedy

中譯	英文	中譯	英文
盲目先生	Mr. Blind-man	無所謂先生	Mr. Anything
無用先生	Mr. No-good	兩舌先生	Mr. Two Tongues
惡意先生	Mr. Malice	做作夫人	Lady Feigning
縱欲先生	Mr. Love-lust	戀世先生	Mr. Hold the World
放蕩先生	Mr. Live-loose		
魯莽先生	Mr. Heady	愛錢先生	Mr. Money-love
高傲先生	Mr. High-mind	吝嗇先生	Mr. Save-all
敵意先生	Mr. Enmity	豪奪先生	Mr. Gripe-man
謊言先生	Mr. Liar	求利城	Town of Love-gain
殘忍先生	Mr. Cruelty	貪財郡	County of Coveting
恨光明先生	Mr. Hate-light		
不滿足先生	Mr. Nosatisfying	安閒平原	Plain of Ease
私心	By-Ends	財利崗	Hill Lucre
巧言鎮	Town of Fair-speech	小徑草地	By-path Meadow
		自負	Vain Confidence
變卦爵士	Lord Turn-about	懷疑堡壘	Doubting Castle
隨波逐流爵士	Lord Time Server	絕望巨人	Giant Despair
巧言爵士	Lord Fair Speech	猜疑夫人	Mrs. Diffidence
圓滑先生	Mr. Smooth Man	知識	Knowledge
騎牆派先生	Mr. Facing Bothways		

中譯	英文
經驗	Experience
警醒	Watchful
誠懇	Sincere
錯誤山	Hill Error
警戒山	Mount Caution
清晰山	Hill Clear
諂媚者	Flatter
迷惑田	Enchanted Ground
自高地區	Country of Conceit
無知	Ignorance
變節	Turn Away
背道鎮	Town of Apostasy
小信	Little Faith
誠懇市	Town of Sincere
寬路門	Broad Way Gate
死人巷	Dead-man's Lane
怯懦	Faint Heart
疑惑	Mistrust
罪疚	Guilt
大恩	Great Grace
堅信城	City of Good Confidence
無神論者	Atheist
暫信	Temporary
忘恩鎮	Town of Graceless
誠實市	Town of Honesty
回頭	Turn-back
自救	Save-self
有夫之婦	Beulah
虛妄	Vain Hope

主流十周年
2007-2017

★歡迎您加入我們，請搜尋臉書粉絲團「主流出版」

★主流出版社線上購書，請掃描 QR Code

心靈勵志系列

信心，是一把梯子（平裝）／施以諾／定價 210 元

WIN TEN 穩得勝的 10 種態度／黃友玲著、林東生攝影／定價 230 元

「信心，是一把梯子」有聲書：輯 1 ／施以諾著、裴健智朗讀／定價 199 元

內在三圍（軟精裝）／施以諾／定價 220 元

屬靈雞湯：68 篇豐富靈性的精彩好文／王樵一／定價 220 元

信仰，是最好的金湯匙／施以諾／定價 220 元

詩歌，是一種抗憂鬱劑／施以諾／定價 210 元

一切從信心開始／黎詩彥／定價 240 元

打開天堂學校的密碼／張輝道／定價 230 元

品格，是一把鑰匙／施以諾／定價 250 元

喜樂，是一帖良藥／施以諾／定價 250 元

施以諾的樂活處方／施以諾 ／定價 280 元

TOUCH 系列

靈感無限／黃友玲／定價 160 元

寫作驚豔／施以諾／定價 160 元

望梅小史／陳詠／定價 220 元

映像蘭嶼：謝震隆攝影作品集／謝震隆／定價 360 元

打開奇蹟的一扇窗（中英對照繪本）／楊偉珊／定價 350 元

在團契裡／謝宇棻／定價 300 元

將夕陽載在杯中給我／陳詠／定價 220 元

螢火蟲的反抗／余杰／定價 390 元

你為什麼不睡覺：「挪亞方舟」繪本／盧崇真（圖）、鄭欣挺（文）／定價 300 元

刀尖上的中國／余杰／定價 420 元

我也走你的路：台灣民主地圖第二卷／余杰／定價 420 元

起初，是黑夜／梁家瑜／定價 220 元

太陽長腳了嗎？給寶貝的第一本童詩繪本／黃友玲（文）、黃崑育（圖）／定價 320 元
拆下肋骨當火炬：台灣民主地圖第三卷／余杰／定價 450 元
時間小史／陳詠／定價 220 元
正義的追尋：台灣民主地圖第四卷／余杰／定價 420 元
宋朝最美的戀歌—晏小山和他的詞／余杰／定價 280 元

LOGOS 系列

耶穌門徒生平的省思／施達雄／定價 180 元
大信若盲／殷穎／定價 230 元
活出天國八福／施達雄／定價 160 元
邁向成熟／施達雄／定價 220 元
活出信仰／施達雄／定價 200 元
耶穌就是福音／盧雲／定價 280 元
基督教文明論／王志勇／定價 420 元
黑暗之後是光明／王志勇、余杰主編／定價 350 元

主流人物系列

以愛領導的實踐家（絕版）／王樵一／定價 200 元
李提摩太的雄心報紙膽／施以諾／定價 150 元
以愛領導的德蕾莎修女／王樵一／定價 250 元
以愛制暴的人權鬥士：馬丁路德金恩博士／王樵一／定價 250 元
廉能政治的實踐家：陳定南傳／黃增添／定價 320 元

生命記錄系列

新造的人：從流淚谷到喜樂泉／藍復春口述，何曉東整理／定價 200 元
鹿溪的部落格：如鹿切慕溪水／鹿溪／定價 190 元
人是被光照的微塵：基督與生命系列訪談錄／余杰、阿信／定價 300 元
幸福到老／鹿溪／定價 250 元
從今時直到永遠／余杰、阿信／定價 300 元

經典系列

天路歷程（平裝）／約翰・班揚／定價 180 元

生活叢書

陪孩子一起成長（絕版）／翁麗玉／定價 200 元
好好愛她：已婚男士的性親密指南／ Penner 博士夫婦／定價 260 元
教子有方／ Sam and Geri Laing ／定價 300 元
情人知己：合神心意的愛情與婚姻／ Sam and Geri Laing ／定價 260 元

學院叢書

愛、希望、生命／鄒國英策劃／定價 250 元
論太陽花的向陽性／莊信德、謝木水等／定價 300 元
淡水文化地景重構與博物館的誕生／殷寶寧／定價 320 元
紅星與十字架：中國共產黨的基督徒友人／曾慶豹／定價 260 元
事奉有夠神：團隊服事的 23 堂課／ Michael J. Anthony、James Estep, Jr. 等著／定價 700 元

中國研究叢書

統一就是奴役／劉曉波／定價 350 元
從六四到零八：劉曉波的人權路／劉曉波／定價 400 元
混世魔王毛澤東／劉曉波／定價 350 元
鐵窗後的自由／劉曉波／定價 350 元
卑賤的中國人／余杰／定價 400 元
納粹中國／余杰／定價 450 元
今生不做中國人／余杰／定價 480 元
香港獨立／余杰／定價 420 元
喪屍治國／余杰／定價 490 元
川普向右，習近平向左／余杰／定價 450 元

公民社會系列

蒂瑪小姐咖啡館／蒂瑪小姐咖啡館小編著／定價 250 元
青年入陣：十二位政治工作者群像錄／楊盛安等著／定價 280 元

經典系列2

天路歷程（The Pilgrim's Progress）——平裝本

作　　者：約翰・班揚（John Bunyan）
譯　　者：林以恆
翻譯審定：鄭超睿、許玉青
編　　輯：雲郁娟、許慧懿、洪懿諄、林意倫
封面設計：洸譜創意設計股份有限公司、李君懿

出版發行：主流出版有限公司 Lordway Publishing Co. Ltd.
出 版 部：臺北市南京東路五段 389 巷 5 弄 5 號 1 樓
電　　話：(02) 2766-5440
傳　　真：(02) 2761-3113
電子信箱：lord.way@msa.hinet.net
劃撥帳號：50027271
網　　址：www.lordway.com.tw

經　　銷：
紅螞蟻圖書有限公司
地　　址：台北市內湖區舊宗路二段121巷28號4樓
電　　話：(02) 2795-3656　　傳　　真：(02) 2795-4100

華宣出版有限公司
新北市中和區連城路236號3樓
電　　話：(02) 8228-1318　　傳　　真：(02) 2221-9445

2007年10月　初版1刷（軟精裝1~3000本）
2023年　4月　三版18刷
書號：L1002

ISBN：978-986-85212-7-8（平裝）

Printed in Taiwan

國家圖書館出版品預行編目資料

天路歷程／約翰．班揚（John Bunyan）原著.
-- 二版.　-- 臺北縣新店市：主流，2010.03
面；　公分　（經典系列；2）
譯自：The pilgrim's progress
ISBN　978-986-85212-7-8（平裝）

873.57　　99003417